母を捨てるということ

Fumie Otawa
おおたわ史絵

朝日新聞出版

プロローグ

わたしには時折思い出す光景がある。

子供の頃、幼稚園から帰ると真っ先に母の姿を捜した。同じ年頃のほかの子がみなそうであるように。

「おかえり」

そのなんてことないひと言が聞きたくて、わたしは母のもとへと急ぐのだ。

でも、母はいない。居間にも洗面所にも、台所にも。奇妙なほどに静まり返った家の廊下を進む。小さな足でつきあたりの部屋までたどり着くと、わたしは音を立てないようにそっとドアのノブを回す。

両親の寝室のベッドには母がひとり、横になって寝息を立てている。外はまだ陽《ひ》も高い真っ昼間だっていうのに、睡眠薬を飲んで眠り込んでいるのだ。

母を起こさないように息を殺してその顔を覗《のぞ》き込む。

「なぁんてね、冗談だよ。ちゃんと起きてるよ」

そうおどけて笑って抱きしめてくれたらどんなにいいだろう。

でもわたしは知っている。

そんな楽しげな会話は我が家には似合わないことを。そしてこうしたバカげた願望は、過去にも未来にも現実となることはないのだと。

母の寝息は大きくなるばかりで、わたしがそばに立っていることなどまったく勘づきもしない。試しに顔の近くに手をやり、瞼《まぶた》にちょっとだけ触れてみたことがあった。

「ううんっ」

鬱陶《うっとう》しそうに小さく唸《うな》ると、母は寝返りを打ってわたしに背を向けた。

「史絵ちゃんのママは体が弱いからしょうがないね」

親戚の叔母さんが根拠もなくそう語るのを無条件に信じていた。

そうか、ママは体が弱いんだ。だからいつも薬を飲んで寝てるんだ。よそのママみたいに料理を作ったりお菓子を焼いたりはしないけど、それはしかたないことなんだ。

わたしはそっと寝室をあとにする。そしてひとりぼっちでお絵描きをして時間の過ぎるのを待つ。母の目が覚めるまで。

これがわたしの日常だった。べつだん取り沙汰するほどでもない、ごくあたりまえの日々の光景だった。

母を捨てるということ　目次

プロローグ　3

I

わたしが医者になった理由　14
顔色をうかがう子　19
タバコの火　23
代理ミュンヒハウゼン症候群　27
自傷行為と優しい手　32
悪夢の始まり　37
オピオイド　42
注射器の転がる食卓　45
誤解　48
発覚　51

壊れていく母 59
逃げ場所を求めて 65
美しい母と醜い娘 71
父からのSOS 76

Ⅱ

ダルク 84
六つの特徴 92
依存症外来 98
入院？　わたしが？ 105
ミーティングという治療 110
つらいのはわたしだけじゃない 116
イネイブラーはもうやめる 121

父娘の死刑宣告 125
命がけの大勝負 131
娘は悪魔 135
戦友・父の死 141
良い娘をもって幸せでした 149
喪主のいない告別式 153
狼少年と母 158
母を殺してしまおう 162
透明人間 167
カウントダウン 174
密やかな最期 178
消えたノイズ 184

Ⅲ

タブー解禁 188
言えなかった秘密 192
生きるためのドーピング 197
溺れる人と浮き輪の話 201
寂しいネズミ 207
PIUSテクニック 212
たった一度の涙 218
贖罪 224
終わりのない旅 229

エピローグ 233
あとがき 237

ブックデザイン　鈴木成一デザイン室

母を捨てるということ

I

わたしが医者になった理由

そもそもなぜわたしは医者になったのか？

まずはそこからお話しするのがよいと思う。

正直を言うと、この問いに対する本当の答えは、自分でも最近までよくわかっていなかった。

だからインタビューなどで尋ねられるたびに、

「父が医者だったので、自然と同じ道に……」

というような適当な返事で誤魔化《ごまか》してきた。

でも真実がそうでないことは自らが一番知っていた。なぜなら、誤解を恐れずに言えばわたしは医師を目指そうと思ったことは、医師になりたいと切に願ったことは一度もないからだ。

こう文字で書いてしまうと、

「なんて不届きな！」

とお叱りを受けるかもしれない。しかしこれが本心なのだから嘘《うそ》はつけない。

これにはもう少しだけ説明が必要だと思うので聞いていただきたい。

わたしは生まれてからずっと、父のことが大好きだった。いわゆるファザコン、いやスーパーファザコンと言うべきか。いつも大きな心で揺らぐことなく守ってくれる、とても勉強熱心な賢いひとだった。

母は父の二番目の妻だった。かつて看護師をしていた時代に勤務先の病院で父と知り合い、恋愛関係となり一緒に暮らし始めた。

じつはこのとき、父には奥さんがいて二人の間には生まれたての男の赤ちゃんがいた。要するに〝略奪婚〟というやつである。

男女のことだし、もう半世紀も前の話なので道徳感をとやかく言うつもりはないが、それでもやっぱりひどい話だ。

相手の女性の激高ぶりは想像するに易《やす》い。乳飲み児《ご》を抱えて夫を横から奪われたのだから、誰だって許せやしないだろう。

当然、離婚届に判を押してはくれなかった。だから生まれたときのわたしは母の非嫡出子として戸籍に登録されていた。正式に父の戸籍に入ることができたのは、おそらく幼稚園を卒園する頃だったんじゃないだろうか。

いまでこそこんな略奪婚も珍しくはないのかもしれないが、昭和の時代には親類縁者から相当後ろ指を指されたらしい。母は死ぬまでこの過去を引きずり、そのために父方の親戚との付き合いを毛嫌いしていた。この後ろめたさが、人付き合いが苦手な元来の性格に追い打ちをかけた。

〝他人の亭主を奪った女〟という不名誉なレッテルをきれいに上書きするためには、どうすればいい？

自分の子供を見事に育て上げ成功者にすること、これが最も有効な方法だ。

ゆえに母親の教育ママっぷりは、かなりエキセントリックなものだった。それは小学校に上がる前から始まっていた。

ピアノやバイオリン、英会話の習い事は誰よりもいい出来でなければ叱られた。ピアノの発表会の練習では、一カ所でもつっかえようものなら椅子から叩《たた》き落とされた。

もともとわたしにはたいして音楽の才能なんかありゃしないのに、隣で四六時中目を光らせているものだから、子供ごころによけい緊張して間違えた。するとまた叩かれる、この繰り返し。

泣きながら震える手で鍵盤を叩いたが、そんなやりかたではとうてい上達するはずもなかった。そのせいか、クラスの女子の大半がピアノを習っていたけれど、わたしは断トツの下手っぴだった。

勉強においてはもっと凄《すさ》まじいものがあった。小学生になると我が家には毎日計算ドリルのノルマがあり、ストップウォッチを持った母の目の前でやらねばならなかった。制限時間に少しでも遅れようものなら、教科書やコーヒーカップが手あたり次第に投げつけられた。

母の怒りは一旦《いったん》火がついてしまうと制御不能になる。一度などは石でできた大きな灰皿が当たって、額から血が出たこともあった。

怒りながら彼女の口から出るのは、いつもきまって、

「ほかの子とおんなじでどうするのっ？　ふつうでいいわけないでしょ！」

このセリフだった。

（そうか、わたしはふつうじゃいけないんだ。ふつう以上にならなくちゃダメなんだ……）

幼いながらもいつしかそう考えるようになっていた。

それは、

「おまえはふつうにしていたら価値がない人間だ。誰よりも頑張らなくちゃ許されない人間なんだ」

と言われているようだった。

母が望むような大人になって成功するよりほかに自分の価値を上げる手段はない。そう思うと、必然的に母の期待どおりに医師になる以外の選択肢は消えていった。いつしかわたしは夢を描くのをやめた。

世間でよく聞く、

「○○ちゃんはなにになりたい？　将来の夢は？」

そんなのは愚問だ。

だって、夢なんて幸せなひとだけが見ることを許される贅沢《ぜいたく》なものだから。

自分には所詮縁のない話だと、そう考えてわたしは夢を見ない癖がついた。

顔色をうかがう子

もうおわかりだと思うけれども、母はすごくアップダウンが激しい気性だった。

頭痛や腹痛持ちだったので体調によって日々態度が違った。

鎮痛剤や睡眠薬をしょっちゅう飲んでいたせいもあっただろう、とても不安定な精神状態で、同じことをしても叱られるときと叱られないときがあった。その基準は第三者にはまったく判断がつかず、文字どおり彼女の気分次第だった。

ただひとつブレることなく決まっていたのは、人を褒めることはほとんどないという点だ。

記憶の限り、彼女が誰かを褒めているのを聞いたことはない。娘のわたしですら、テストでいい点を取ったからといって褒められた経験はない。その逆で、満点以外を取ればもちろん叱られた。

学芸会の劇でいい役をもらったときもなにも言ってくれなかった。友達のお母さんが、

「あら、史絵ちゃん。すごいわねぇ」

と褒めてくれたのが誇らしかった。

全国小学生模試で科目別一番を取り、賞品の文房具を胸に抱きしめて帰ったときも、

「へぇ」

とひと言発しただけだった。

いま思えば、彼女は褒めかたを知らなかったのかもしれない。こと娘に関しては思い入れが強すぎるあまり、

「もっと、もっと」

と焦燥感に駆られてしまい、冷静なジャッジすらもできていなかったのかもしれない。もしくは彼女自身、褒められた経験が少なかったのではないか？　だから褒めかたがわからなかったんじゃないだろうか？

本当のところは謎である。けれどいずれにせよこんなふうに客観的にとらえられるようになったのは、自分もずいぶん大人になったんだなと思う。

幼少期にそんな日々を送るうち、知らず知らずにわたしはひとの顔色をうかがう人間に成長していたようだ。これは後に知人に指摘されて初めて気づいたのだが、たしかにそのとおりである。

よく言えば空気が読める、悪く言えば人の顔色ばかりを気にしている。

まぁ、それもまたしかたのないことだ。毎日が母の機嫌を読むことの繰り返しだったのだか

ら。

　ふつう子供はみんな無条件に母親が好きだ。どんなにいい母親だろうが悪い母親だろうが、そんなことは関係ない。社会的に見た相対評価ではなく、子にとっての母は絶対的な存在なのだ。

　だから毎日のように繰り返されるニュースのなかで、虐待される子供は泣きながらでも母親のそばを離れようとしない。

「ごめんなさい、ごめんなさい」

と意味もわからずに謝りながら、すがりつくのだ。

　わたしの当時の話をすると、

「それって、虐待なんじゃない？」

と言うひともいる。たしかに平手で顔を叩かれたり布団叩きで腰を打たれたり、投げつけられた大きな石の灰皿で額から血を流していたのだから、そう思われても不思議はない。

　でも、わたし自身はそれらを虐待と思ったことはただの一度もない。

　なぜならわたしはほかのお母さんを知らない。

　優しく抱きしめて、褒めてくれて、毎日お弁当を作ってくれる、そんなお母さんが世の中にはいるのだろうけれど、そんなひとと自分の親を比べても意味がない。だってわたしはわたしの母親しか知らないのだから。

いつも気分次第で怒って、睡眠薬を飲んでは眠り続ける。滅多に心底笑うことはなく、褒め言葉も口にしない。

そんな人間だって、世界にたったひとりしかいないわたしの母親だったのだから。

タバコの火

「あの頃のおばさんの史絵ちゃんに対する執着は尋常じゃなかったよねぇ……史絵ちゃんもほんとによく頑張ってたよね」

幼少期をよく知る従姉《いとこ》に会うと、今でもこんな会話になる。母の言動はそれほどまでに印象に残るものだったのだろう。

言われればそう、わたしは母の期待に応えるのに毎日必死だった。褒められないとわかっていても頑張るしかなかった。もはや褒められたいから頑張るのか、叩かれたくないから頑張るのか、自分でもわからなくなっていた。

願わくは、母の笑った顔を見たかった。少しでも機嫌よくいてほしかった。般若《はんにゃ》のように怒りで目を吊《つ》り上げた顔を見ていたくはなかった。そのためにわたしは頑張り続けるほかなかった。

母は占いや迷信をやたらと好む傾向があって、どこかで聞いてきては妙なおまじないの札を書いてお財布に入れたりしていた。

あれはたしか小学校五年くらいのことだったろうか。抜き打ちで子供部屋を覗きに来た母が、わたしが勉強をしていなかったことに腹を立てて、

「手を出しなさい！　お灸《きゅう》をすえるから！」

と鬼の形相《ぎょうそう》で叫んだ。手の甲の親指と人差し指の間にお灸をすえるといい子になるという迷信がかった話を、どこかで聞いてきたらしかった。

我が家にお灸はなかったが、母はヘビースモーカーだったのでタバコの火を押しつけようと構えていた。

「早く出しなさいよっ。いい子になるんだから、さあ早く！」

オレンジ色のタバコの先が目の前にちらついて、怖くて怖くて涙が出た。

「ごめんなさい、もうしませんから。もう二度としませんから……」

必死に謝りながらわたしは両手を後ろに隠した。

謝りながら、なにをこんなに謝っているのか途中でわからなくなっていた。別になにか大事なものを壊したわけじゃない、誰かにケガを負わせたわけでも万引きをしたわけでもない。ただちょっと、彼女の思うように勉強をしなかったというだけのことだ。それがそんなに罪なのか？　悪なのか？

子供ながらに理不尽さを覚えた。それでも泣きながら謝るしかできないくらい、わたしは幼

かった。

声がかれるまで謝り続けた頃、ようやく母が根負けしてタバコを消した。ぎりぎりのところで、わたしは火傷《やけど》を負わずに済んだ。

この出来事を父に伝えられたのは二十年以上が過ぎた頃、わたしが大人になってからだ。それまでは、打ち明けることができなかった。

なぜだかうまく説明はできないが、母をこよなく大事に思っていた父に彼女のこうしたおぞましい一面を知らせてはいけない、当時は直感的にそんな気がしていた。


これ以来、ときどきタバコのお灸事件は起きた。きっかけはいつも他愛《たわい》ないことだった。彼女の機嫌が悪いと、きまってお灸をすえると怒鳴り散らした。そのたびにわたしは泣いて謝り、母は舌打ちをしながら実際に火を押しつけるのは諦めた。

いま思うと、このときになにがなんでも折檻《せっかん》を阻止しておいてよかったと思う。もし万が一、言われるがままに手を差し出していたら、おそらくタバコの火どころでは済まなかったはずだ。母は歯止めが利かなくなり、よりいっそう残酷な事態に陥っていたことだろう。

そうしたらきっと、わたしたち母娘はいまよりもっともっと苦しむことになっていただろうから。

この時期の体験のせいで、わたしは大人になったいまでも怒っているひとを見るのが大嫌いだ。

社会の現場でも誰かが怒られているシーンに遭遇すると、たとえ自分が怒られているわけでなくとも、その場にいること自体がつらくて耐えられない。

大声を上げて怒りをあらわにするひとを見ると、その場から逃げ出したい衝動に駆られる。

これを一種の〈PTSD=心的外傷後ストレス障害〉と呼ぶのだろうか？

誰にも詳しく聞いてみたことはないけれど、母の折檻がわたしの内側に大きな影響を与えたことはどうやら間違いなさそうだ。

代理ミュンヒハウゼン症候群

タバコの火を目の前でちらつかされても、額から血が流れても、それでもなおわたしは母に虐待されているという認識はなかった。

これは前にもお話ししたとおりで、今でもその気持ちは変わっていない。母はふつうのひとよりも少し気分が乱れやすく抑制が利かなかっただけだと、そう思っている。

たしかに母は怖かったが、それはけっして彼女を憎むとか嫌うという感情には繋《つな》がらなかった。それどころかあの頃のわたしはそんな母に振り向いてもらいたくて懸命に毎日を模索していた。哀しいことに、叱られるたびに愛されたい欲求が増していった。

ただ、そんななかでも本当に母を恐ろしいと感じた出来事がひとつあった。それは背筋の凍るような記憶である。

ある日、小学生だったわたしがおとなしく問題集を解いていると、それを見て機嫌をよくした母は珍しくニコニコと傍らにやってきた。

「ほら、ミルクセーキを作ったよ、飲みな」

手には乳白色のドリンクで満たされたグラスを持っている。バニラエッセンスのいい香りが漂って、食欲をくすぐった。

子供時代のわたしはすごく太っていて、食欲旺盛だった。健康的というよりも過食に近かったかもしれない。母が薬で眠っているときなどは、なにかを口に入れて寂しさを紛らわせていた面もあったと思う。

我が家にはわたしが物心つく頃からずっと家政婦さんがいて、食事の支度や掃除、買い物やアイロンがけは全部その女性の仕事だった。母は家事をすることは一切なかった。

わたしの学生時代の毎日のお弁当を作ってくれたのも、餃子の皮の包みかたを教えてくれたのもその女性だ。わたしは彼女を第二の母のように慕っていて、紛れもなく成育を支えてくれた恩人だった。その後何十年も彼女が天寿を全うするまで付き合いを続けた。

そんななかで、母がミルクセーキを作ってくれるなんてことは本当に珍しいことだったので、わたしは内心とても嬉《うれ》しかった。

ただ母が感情を表に出すのが下手だったように、わたしもまた感情表現がうまくなかった。きっとくったくのない笑顔や甘えた顔のできる子供ではなかったと思う。そんなわたしを見て、よく母は、

「この子は何をしてやっても喜ばないから可愛くないいんだよ」

と親戚にぼやいていた。そう、わたしは可愛い顔ができない太ったブスだった。おそらくこの日も無反応に近い形でミルクセーキを飲み始めたはずだ。心の内では踊りだしたいくらい嬉しかったのに。

母のミルクセーキは甘くておいしかった。もったいないので少しずつちびちび飲んだ。最後のひと口を飲み干したとき、母が小さな低い声で言った。

「ふふ、それね。下剤が入ってるんだよ」

このときの母の歪《ゆが》んだ笑顔が忘れられない。

どういうつもりで下剤なんかを入れたのか？　それはいまでも本人にしかわからない。母は自分自身が下剤を乱用する習慣があったので、娘にもちょっと飲ませてみようと思ったのかもしれないし、わたしが太っているのをなんとかしようと考えたのかもしれない。

ただ、いまわたしが成人し医師となって振り返ってみると、母は代理ミュンヒハウゼン症候群だったのではないかという結論に到達した。

〈代理ミュンヒハウゼン症候群〉。あまりなじみのない病名だろうから少し説明をしておこう。

まずは〈ミュンヒハウゼン症候群〉という病気から話す必要がある。これは簡単に言えば詐病のこと。もっと嚙《か》み砕くと仮病である。

これは世間によくある、ただ学校をサボりたいからと、

「う〜ん、お腹《なか》が痛いよぉ」

と嘘をつくレベルとはかなり違って、自分のおしっこに指先を切って出した血を混ぜ、

「大変！　血尿が出た！」

などと騒ぐ。病院での血液検査でもスタッフの目を盗んで異物を混入させ、あり得ない数値が出て診断を混乱させたりもする。一種の精神の病だ。

もともと母にはこの傾向があり、よく、

「トイレに行ったら便に交ざって変なかたまりが出た」「口から糸が出てきて止まらない」

と訴えては父を困らせていた。

これに関しては父も医師なので〈ミュンヒハウゼン症候群〉を疑って、いくつもの文献を調べていた。

この病の本質がどこにあり、なぜこんな現象を起こすのかは定かではないが、こんな具合に病気と偽ることで愛情や同情を買おうとしているようだ。

今風に呼ぶなら〝病的なかまってちゃん〟というところだ。

さて、次に〈代理ミュンヒハウゼン症候群〉となると話はよりいっそう複雑になる。

代理の場合は文字どおり、自分ではなく代理となる誰かを病気に仕立て上げる。多くは自分の子供、幼く抵抗しない無力な存在が対象に選ばれる。

映画『シックス・センス』のなかで、毎日食事に洗剤を混ぜられて母親に殺された少女が、霊となって登場する。まさにあれが、代理ミュンヒハウゼン症候群である。

不思議なのは、自分で洗剤を混ぜたくせに、いざ娘が体調を崩すと急に優しくなり、心配して病院に連れていき甲斐甲斐《かいがい》しく看病をする。このあたりがシンプルな虐待と異なる点だ。

ミュンヒハウゼン症候群も代理もどちらにせよ、一般からは理解し難い精神の疾患である。原因はわからない、劇的に完治するというものでもない、とにかく罪な疾患である。

もしも母にこの傾向が本当にあったとしたならば、その後の薬物への過度な依存状態へと続くなんらかの病因がすでに存在していたとも考えられる。依存症に陥る患者の多くに、精神疾患（ＡＤＨＤ＝注意欠陥・多動性障害、アスペルガー症候群、自閉症など）などの基礎疾患が見られることがよく知られているからだ。

翌日、当然ながらわたしはトイレにこもりっきりになるほど下痢をした。お腹を押さえて痛みに唸る幼いわたしを見ても、母はなにひとつ心配するでもなかった。

ただ腹痛の合間に視野をよぎった母の顔は、一瞬だがちょっとだけ口元を歪めて、うっすら笑っていた気がした。

自傷行為と優しい手

ミルクセーキの一件以来、わたしは母の作ったものを口にするのに抵抗を覚えるようになっていた。

（またなにかを混ぜられているんじゃ……？）

一瞬でもそう疑いだすと不安が募って食器を持つ手が止まってしまう。

しかし不幸中の幸い、もとより家事をしない母が料理やおやつを作ることは年に数回あるかないかだったので、それ以降は大きな問題が起きたことはなかった。

話は変わるが、子供の自傷行為というものをご存じだろうか？

〈爪嚙《つめか》み、チック、抜毛症《ばつもうしょう》＝トリコチロマニア〉。これらが学童期の子供に見られやすい自傷である。いずれも精神的な要因と発達期の不安定性の関与が大きい。

じつは、このすべてが小学生時代のわたしには現れていた。

瞼のチックは小学校四年から二年くらい続いた。昔の話なので、父の知り合いの小児科医に

相談しても、

「近眼でメガネをかけているから、そのせいではないでしょうか？」

と片付けられた。いつも瞼をヒクヒクさせていることをクラスメートの男子にからかわれたがやめたくてもやめられなかった。

抜毛症は五年生くらいのときに起きた。授業中に自分の髪を一本ずつ抜き始め、だんだんエスカレートして束になるくらいの量を抜いた。頭皮から血が出てかさぶたになったのをまたはがし……を繰り返し、しまいには頭頂部が丸く禿《は》げてしまった。短い毛が生えてくるとまたそれが気になって抜く。やめなくちゃと思うとよけいに手が頭に行ってしまい、これは治るまでに一年くらいかかったと思う。

当時は子供の発達外来や思春期外来なんてものはなく、ただの悪いクセと見なされてほったらかしにされるのが常だった。

おそらくわたしだけではなく、こういう子はたくさんいたはずだ。昔から大なり小なり子供の抱える問題は水面下で見逃されがちだ。

わたしのこうした悪いクセが母の子育てと関連するものかどうかは証明する方法もないが、少なくともわたしが超不安定な精神状態であったことは間違いない。

そう言えば、中学生の頃の友達との会話が思い出される。

「ねえ、もしも神様がいて、たったひとつだけ望みを叶《かな》えてくれるって言ったらなにを願う?」

他愛のない非現実的な問いかけだ。青春時代ってやつはこういう漠然とした発想を持つもので、そこがまたいいところでもあるのだろう。

みんなが願い事を思い浮かべていろいろと欲求を膨らませるなかで、わたしは躊躇《ちゅうちょ》なく一瞬で答えが口から飛び出した。

「心から安心できる場所がひとつ欲しい」

一同がきょとんとして、空気が固まったのは言うまでもない。わたしの答えは突拍子もなさすぎて同級生たちには真意を理解しかねるものだったのだ。しかたあるまい。一見すると学校では友達の輪に楽しげに溶け込んでいるように見えたわたしだけれども、実際は想像もできないほど不安定で自己評価が低い人間だった。

だからこのひと言に込められていたわたしの望みは、

(自分を認めてもらえる安心できる場所なんて、この世のどこにもない)

という生きにくさの裏返しだったことは、いまならはっきりとわかる。こんな形で過去のわたしは、知らず知らずのうちに小さなSOSを発信していたんだ。

チック、抜毛症と並ぶ悪いクセのうち最後まで治らなかったのが爪噛み。これは幼稚園時代に始まり、高校生になるまで続いていた。

だからわたしの手の爪は、いつもギザギザといびつな深爪だった。

中高生になるとクラスメートの女の子たちは色気づき、透明なマニキュアを先生に隠れて塗った。各自それなりのおしゃれを楽しむようになる。でもわたしは形の悪い短い爪がコンプレックスで、人前で手を見せるのが嫌だった。

授業中も気づくといつも手を口元にやって爪を噛んだ。それまでのほかの悪癖同様、ダメだとわかっていてもやめられなかった。

「おまえ、爪噛むクセあんの？」

高校一年生、たまたまその学期で隣の席になった男子が声をかけてきた。

わたしの出身校は男女共学で三年間クラス替えがないので、みんなきょうだいのように親しくなる。成績争いよりも学園祭や文化活動が盛んで進学校的なギスギス感もなく、自由な子が多かった。

その男子も、そんなリベラルな生徒のひとりだった。

「あ……うん、やめたいんだけどね……」

変なクセがバレてしまったことへの気まずさから両手を机の下に隠した。すると彼は笑顔でこう言った。

「じゃ、やめるの手伝ってやるよ」

この日から我々の矯正生活が始まった。授業中、いつものように爪を噛みそうになると、隣から手をパチンと軽くはたかれた。びっくりして見ると、彼はニコッと笑った。

来る日も来る日も同じパターンを繰り返した。そのたびにわたしは噛みたい衝動を抑えた。それでも反射的に手を口に持っていきそうになることもあったが、そんなとき彼は無言で私の手を摑《つか》み、机の上でずっと放さずに押さえていてくれた。片手でわたしの手を押さえ、残りの片方の手で講義のノートを取っていた。

やめるのを手伝う、こんな厄介な約束をしてしまったばっかりに彼も授業どころじゃなかったと思う。成績のいい子だっただけにその大事な一学期を無駄にさせたようで、いまでも申し訳ない思いだ。

でも、その甲斐あって長く続いていた爪噛みが学期の終わる頃には治まっていた。

このときわたしは知った。衝動は抑えられる、どんなしつこい習慣も変えられる。そこには罰則も制裁も必要ない。ただ協力者さえいれば、人間は変われるということを。

その後、一度も噛みたい衝動に襲われたことはない。

そう、わたしの自傷行為を止めてくれたのは、たったひとりの仲間の優しい手だったのだ。

悪夢の始まり

母がわたしの英才教育に没頭していた小学校時代に話を戻そう。叱られる毎日に悩ましさはあったが、それでもこの時期が我が家にとって一番平和だった。

と言うのも、幼い頃には睡眠薬を飲んで寝てばかりいた母が、わたしのお稽古事や塾や学校面談などに興味を持ち、俄然《がぜん》活発に暮らすようになったからだ。

ひとたび子育てに照準を合わせると、まるで別人のように精力的に動いた。新しい塾の情報、評判のいい家庭教師、外国人のやっている英会話教室などなど、ママ友から仕入れてくるネタをかたっぱしからわたしにやらせようと画策した。放課後も日曜も、なにかしらの教室をはしごさせられた。

「なにも子供のうちから、そんなにやらせなくてもいいんじゃないか?」

冷静な父が間に入って時折ブレーキをかけてくれなかったら、わたしは大人になる前に完全に燃え尽きていたに違いない。

物事に強迫的にのめり込む傾向の強い母は、ひとつのことに夢中になると半端ないエネルギーを生み出す。その後の人生で株や書道に熱を上げる時期があるのだが、そのどれもに並外れた成果を上げた。

そんな嬉々《きき》とした姿を見ていると、かつて親戚が、

「ママは体が弱いからね」

と話していたのが嘘っぽく感じられた。

（いったいぜんたい、弱いと思われる根拠はどこから来たの？）

にわかに首を傾《かし》げたくなるのだった。


たしかに母は幼少期に大病を患っている。

長野の山奥の病院もない村の出身で、就学前に虫垂炎にかかった。昔の田舎のことゆえ、誰もがただのはらいただと勘違いし、数日間ほったらかしにされた経緯がある。そのせいでひどい腹膜炎を併発し、町の病院に運ばれたときにはこじれにこじれ、なんとか手術を終えたものの、人工肛門になってしまった。

その後、十年以上にわたり八回も手術を繰り返し、ようやく人工肛門を閉鎖できたのは十八歳に手が届く頃だったという。

ポリサージェリー患者＝多数回の手術経験者は腹腔《ふくくう》内に癒着が生じる可能性が高く、生涯に

わたり腹痛発作を繰り返すことがある。

母の場合もまさしくこれで、ことあるごとに、

「お腹が痛いよぅ」

と寝込んだり、鎮痛剤や睡眠導入剤を大量に飲んだりしていたのだ。これが彼女の薬物常用の始まりだった。


高校を卒業し、人工肛門が取れた彼女は晴れて東京の看護学校へ進学をした。あらたまって志望動機を聞いたことはないけれども、幼少期から入退院を繰り返す生活のなかでナースの仕事ぶりを見聞きする機会は多く、これが少なからず影響を与えたと考えてもいいのだろう。

たとえ人工肛門が取れたからといって、腹部の半分を覆うくらいの広範囲にわたるケロイド状の手術痕は残った。この気味の悪い傷痕は若い女の子にはさぞや大きなコンプレックスであったろう。

人前で体を見せる類の銭湯やプールには行きづらかったに違いない。

将来の恋愛や結婚にだって不安を抱いても不思議はない。そういう意味でも彼女は手に職をつけておきたかったのかもしれない。

看護師になった彼女が内科医の父と知り合い、いわゆる略奪婚に至った経緯は前に書いたと

おりである。

さて、せっかく手にした看護師資格だというのに、結婚するや否や彼女はすぐさま仕事を辞めてしまう。

十歳も年上の父は優しすぎるのが最大の欠点で、とにかく妻に甘かった。

「おまえは無理をする必要はないよ、具合が悪いなら休んでいればいいよ」

そうやって家事もなにもしなくても許される生活に、彼女は瞬く間に慣れっこになっていくのだった。


父の話をしよう。

彼は広島出身で幼い頃に両親を亡くしていた。兄は戦争で死に、弟は被爆した。そんな環境で育ったために、命に対する意識の高さは並大抵のものではない。医師としての使命感から毎日朝早くから夜遅くまで、勉強と仕事と会合に多忙を極めていた。

わたしの記憶に残る父はいつも患者さんのことを気にかけていた。休みだろうが夜中だろうが、電話がかかってくれば往診カバンを片手に飛び出していった。

こう書くと、情熱のある素晴らしいドクターのように聞こえるかもしれないが、母にとって彼との結婚生活はとてつもなく空虚なものだったと思う。

家事をするわけではない、仕事もしない。おまけに夫はほとんど家におらず、いても仕事と患者のことばかり考えているのだ。

彼女にはこの暮らしは退屈すぎた。

そんなとき、耐えきれない鬱憤《うっぷん》を痛みとして吐き出した。

「お腹が痛いよぅ」

そう体を丸くして倒れ込めば夫の気を引くことができた。痛がる妻をなんとか助けたい一心で、父は彼女に鎮痛剤を与えた。

最初は飲み薬、そのうちに注射薬、どんどん強力な薬へと移行していった。

一九七〇年代、ちょうどオピオイドという注射製剤が発売になったばかりで、これがとてもよく効いた。打つと母の症状はすーっと消え去り、苦悶の表情が一瞬で穏やかに変化するのだ。まるでなにかの魔術みたいに。

おかげで父は安心して仕事に戻ることが許された。

でも、これが悪夢の始まりだった。

彼女の和らいだ表情が、このオピオイドという魔法のような薬物による異常な恍惚《こうこつ》感の表れであることに、医師である父ですら気づいていなかったのである。

オピオイド

母がオピオイドの痛み止め注射を使う頻度は、時期によって波があった。

わたしの進学教育に没頭しているときは、不思議なくらいに使用回数が減った。

そのかわり、わたしが中高生になり手が離れると、打つ回数が如実に増えた。

まるで集中できる興味の対象がなくなると、その心の退屈を埋めるみたいにそれを欲しがった。

「パパ、パパ、お腹が痛い……」

昼間のみならず夜中でも、眠る父を起こしては注射をせびるようになった。日中に仕事中の父に強請《ねだ》るよりも、そのほうがハードルが低かったのもあるだろう。

案の定、深夜ゆえの眠さもあって、父もあれこれ問答することなく比較的安易に薬を渡してしまっていた。

外出する日は必ず家を出る前に打つようになった。あたかも気軽なおまじないみたいに。

「だって出先で具合悪くなったら困るじゃないの」

悪びれもせず、当然のことのように語る表情は、本当に痛いから打つのか？　痛くなるのが怖いから打つのか？　それとも痛くもなんともないのにただ打ちたい欲望があるのか？　もはやどれだかわからないように見えた。

そのうち外出時にもオピオイドを携帯するようになった。ハンドバッグのなかにはいつも薬のアンプルと使い捨ての注射器が無造作に突っ込まれていた。

外出中、ちょうど薬が切れてくる数時間ごとに機嫌が悪くなり、表情が曇り始める。すると、

「ちょっとトイレに行ってくる」

と個室に駆け込んでは、数分後には一転してすっきりした表情で出てくる。

こんなことが頻繁にあった。

そして要求は、もっともっとエスカレートしていく。

父が不在の日曜などは、わたしに打つように頼みに来ることもあった。その頃、わたしはまだ中学生だったというのに。

「ねぇ、史絵。注射打ってくれない？」

薬液を詰めた注射器を握りしめて、わたしの部屋をノックした。

さも当然のごとく振る舞う彼女だったが、いまにして思えばその姿は異様なものだ。

わたしは父の開業医姿を見て育っていたので「門前の小僧習わぬ経を読む」で、注射の打ち

かたを知っていた。だから、やろうと思えば打てないわけではなかったが、生理的に拒否反応があって頑《かたく》なに断った。してはいけないことだと直感が働いた。

でも母は、わたしに断られると露骨に嫌な顔をして自室にこもると、自分で打っては失敗してそこいらじゅうを血で汚した。


そんなおかしなことを繰り返しながら、いつしかわたしは母の動向をうかがうのが習慣化した。

いまの調子はどうだろう？　気分は落ち着いているかな？　注射は打っただろうか？　薬が切れて不機嫌になっていたら嫌だな？

そんなことばかりに暮らしが左右されるようになっていた。

注射がよいとか悪いとか、そういう価値観は働かなかった。

ただ母の機嫌がよくなってくれて、平穏に暮らせることだけを願っていた。

娘としてそんなあたりまえの望みを抱いただけだ。それなのに、事態はいじわるなことに想像もできないくらいに悪い方向へと向かっていったのだった。

注射器の転がる食卓

わたしが高校生の頃には、母の注射はほぼ連日常習の状態になっていた。この時点ではすでに父にもわたしにも頼らず、自分自身で打っていた。

オピオイドは通常の生活を送るひとならばまず生涯に一度も使う機会のない薬物なのだから、これは本来の使用頻度や用量をはるかに超えた紛うことなき〈乱用〉の状態だ。

乱用とは正しい目的以外の使用、正しい用法用量を無視した使用のことを指す言葉。依存症に陥る前段階として必ずこの状態を経るものだ。

初めのうちこそは、そのたびに父親に痛みを訴え一回分ずつ注射をもらっていたのだが、この頃になると、

「パパ、そろそろなくなるよ。持ってきておいてね」

と、まるでペットボトルの水の買い置きが切れたくらいのテンションで会話がなされるような異様な状況になっていた。

もちろん父は、それをよしとしていたわけではない。

「本当に痛いとき以外は使うもんじゃないんだよ」

困り顔で時に優しく、時に厳しく諭した。だが、そのたびに母はヘソを曲げて、家庭内の雰囲気が悪くなった。だから結局は渋々と薬を渡してしまっていた。

これはアルコール依存症の患者が、家族から酒をとがめられると逆ギレするのとまったく同じだ。家族は言い合いに疲れて、泣く泣く酒を買い与えるのである。

薬の頻度がより一段と増えてくると、そのうち注射器をいちいち新しいものに取り換えるのも面倒になったらしく、何度か使いまわすようになった。

もちろん医療の現場では、使いまわしなど不潔極まりない行為はあり得ない話だが、薬物乱用者の間では日常茶飯事だ。

依存度が高くなればなるほど、薬以外のことはどうでもよくなる。すべてにおいて面倒くさがり屋となり、身なりがだらしなくなったり、家事や仕事を放り出したりする。

母の場合も不衛生に注射器を使いまわすものだから、しょっちゅう刺した部位の皮膚が感染して腕を紅《あか》く腫らしていた。

打った痕からは出血し、どの服も肩の部分には血の染みがついていた。

いつしかわたしも父も、そんな姿の母に驚かなくなってしまっていた。

この頃になると母の腕は、左も右も注射痕によるひきつれで枯れ枝のようだった。何十何百回にもわたる薬液の注入により皮下脂肪は溶け、組織は硬くケロイド状に変性するのだ。腕の皮膚はゾウの皮みたいに硬化し、もう針も刺さりにくい状態にまでなっていた。

すると、次は太ももに打ち始めた。右の太ももが潰れると今度は左、そうやって体じゅうの残っている打てそうな場所という場所を探しては自分で針を刺していった。

気づくと彼女の体には、もうまともな場所などひとつも残っていなかった。

誤解

薬物依存。そう聞くとたいていのひとのイメージは、昔の映画に出てくるような〝阿片窟《あへんくつ》の暗闇でうなだれてうつろな目で宙を見つめる廃人〟そんな姿らしい。

じつはこれは笑ってしまうほど大きな誤解だ。こんなベタなやつはそうそういない。

薬物、嗜好品《しこうひん》にはダウナー系とアッパー系があるのはなんとなくご存じだろう。

まずこれらの区別から話そう。

たとえばアルコールや鎮静剤、大麻＝カンナビノイド、モルヒネやヘロインといった阿片類、シンナーなどはダウナー系に分類される。過度な緊張から解放されたいタイプはこちらを好む。ダウナー系を乱用すると、多少はぼーっとした状態になる。いわゆるまったりする感じ。

一方、わたしの母が好んだようなアッパー系はそれとはまったく異なる。

アッパー系とは覚醒剤、コカイン、ニコチン、ＬＳＤ、ＭＤＭＡなどのこと。不安や抑鬱を吹っ飛ばす作用があるので、俗に言う〝バキバキにキマる〟状態となる。ハイテンションになり元気はつらつとして意欲も上がるので、なにも知らない周囲からは、

「あのひと、元気でノリがいいね」

といい評価を受けることも少なくない。

バリバリの営業マンやカリスマアーティストにこのタイプの愛用者が多いのは医学界ではよく知られた事実でもある。

母の場合もまさにそうで、注射が効いている時間はすこぶる元気だった。しかし一旦薬が切れてくると揺り戻しがひどく、みるみる顔つきが暗くなり口数も減る。家族ですら声をかけるのも躊躇《ためら》われるような負のオーラに覆われ、たまに口を開けば、

「死にたい」

だの、

「もうどうでもいいや……」

だの、聞いているほうまで落ち込むようなセリフしか出てこなくなるのだ。

これでは家庭内の通常の会話も成り立たない。学校からの連絡事項や、塾の費用や部費など必要なお金の相談もまったくできない状態になってしまう。すべての機能がシャットダウンする。

これにはわたしも父もお手上げで、なんとか日常生活を送らせる方法を模索した。しかしそのための手段はたったひとつ、薬を与えるほかになかった。

注射を打てばその途端、目の輝きが戻る。別人のように口角も上がり、頬の皮膚にもイキイキとつやが出る。

もとから頭の悪い人ではなかったのが、薬がキマるとより冴《さ》えた。その決断力や思いっきりのよさはそのへんの勝負師顔負けの太っ腹なところを見せ、財テクなどにはそれが好結果を生み出したのだから皮肉なものだ。この時期、彼女は株式に興味を持ち、素人ながら相当な利益を上げたらしく、それを親戚に自慢げに語っていた。

こんな状態の家庭だったが、わたしはちょうど高校に入学したくらいの時期。うまい具合に勉強に逃げ込み、現実から少し目を逸《そ》らして暮らすことができた。

家の内側に目を向けると、使いまわしの注射器や血のついた服が散乱し、気分次第でころころと人格が変わる母がいた。そんな気が変になりそうなものばかりに囲まれていたので、受験勉強が目の前に存在してくれたおかげでかえって気が紛れて助かった。

この頃になると勉強内容も相当に難しくなってきていたから、かつてあれだけ教育ママだった母ももう口出しすることもなかった。勉強していれば、わたしの邪魔をしに来ることもなかった。

そうしてわたしは遁《のが》れるように医学部に滑り込んだ。

発覚

大学に入学した。

できるだけ家庭での現実から離れた場所へ行きたくて、生活の中心を学生生活に置いた。医学部は世間一般でイメージする大学とはちょっと違う。必修授業が朝から夜までみっちり詰まっていて、実習などもあるから案外と忙しい。当時はサークル活動などもほとんどなかった。クラスメートはみんな、バイトをする時間もないくらいだった。

これは受験生活から解放されて、花の学園生活を期待していた学生にとってはずいぶんとがっかりなものだったが、わたしにはそれすらも好都合だった。暇よりも忙しいほうが助かった。生来の真面目で勤勉なタイプではないのだけれど、家庭内のよけいなことを考えずに授業と実習と試験をクリアすれば済む日々はある意味で気楽だった。

学年が進むとこれに病院実習が加わった。白衣を着て、実際の患者さんを担当しながら学ぶのは緊張感もひとしおだ。

ますます多忙になり始めたある日、わたしはナースステーションで看護師さんが注射薬を準備する業務を目にした。

たくさんの薬品のなかに、ひときわ物々しく施錠されたケースに収納されている薬品がある。その棚のアンプルは明らかにほかの一般のものと違った扱いで、ひとつ取り出すごとにノートに記載と捺印《なついん》が義務づけられていた。

いわゆる厳重管理の対象薬物だ。劇薬や麻薬の類などがそれにあたる。使用法を誤ると重大な医療ミスに繋がる危険な薬剤、医療の現場にはそういったものがいくつもある。扱うときにはあたりの空気がピリッとする。

そんな緊張の現場で、ベテランナースのてきぱきとした手さばきに見とれながら、ふと注射薬アンプルのラベルに目をやった。

「!!」

わたしは一瞬、自分の視線が固まったのを感じた。

なぜならそこに書かれていた文字は、かねてから母親が日に何本と注射し続けている、あの薬品名とまったく同じものだったからだ!

目をこらして何度か見直してみた。読み間違いだったらいいのに……と願ったが、それは紛れもなく同一のものだった。

「あの……あそこにある注射薬は、そんなに強い薬なんですか?」

遠慮がちに実習担当のドクターに尋ねてみた。

「あぁ、あれね。オピオイドって言ってね、麻薬によく似た化合物だからすごく鎮痛効果が高いんだ。そのぶん習慣性も強くてね。使うと多幸感があるっていうんで依存症になるひとがあとを絶たない。患者だけじゃないよ。ナースやドクターのなかにもこっそりくすねて自分で打ったりするやつがいるからね。だから持ち出せないように厳しく管理されてるんだよ」

わたしは目の前が真っ暗になった。

（ママはいけない薬を使っている！）

この瞬間、初めて我が家に瀰漫《びまん》する薬物の異常性をはっきりと自覚した。

それまでなんとなく漠然としていた不健全な家庭の姿が、はっきりとした問題として胸元に突きつけられた。

心臓がどくどくと大きく脈打つのがわかった。


依存にまつわる薬物は、法的な面から大きくふたつに分けられる。

ひとつは覚醒剤などに代表される違法薬物、そしてもうひとつが母の陥った合法の処方薬。

芸能人などの逮捕でニュースに取り沙汰されるのは違法薬物のほうだけれど、じつは合法薬も同じくらい問題の根は深い。ここで合法薬の場合について少し説明しておこう。

合法の処方薬物のケースで依存を生じやすいのは、次の三つの条件が揃《そろ》ったときだ。

・容易に入手できる環境にある
・使用できる手技テクニックがある
・使用を禁ずるべき明確な理由がない

ふつうは処方薬というのは、医師の許可なくしては手に入らないものだ。薬局では買えない。なので使うにはなかなかハードルが高い。その点、たとえば医療関係者ならば入手は比較的簡単。だから処方薬依存になるのは医師本人やナース、その家族が圧倒的に多い。

母の場合もそう、医師の妻という立場に加えて、元ナースの経歴も悪化に拍車をかけた。なにせ注射器やアンプルの扱いには慣れている。誰かが手伝わなくてもたやすく自分で打つテクニックを持っていた。

オピオイドは直訳すると麻薬に似たものという意味で、いわゆる麻薬並みの鎮痛効果を持つ合成薬品だ。この注射は一般的には手術後の耐え難い痛みや強い発作性の病気に対して緊急時に用いられる。とにかく非常に効果が高くキレがいい。

注射によって母の症状が治まるので、父も使用をとがめる理由が見つからずにだらだらと投与を続ける結果となってしまった。そもそも違法な薬物ではなく、正当な痛みに対して医療として使用し始めたわけだから禁じる明確な根拠がなかったのだ。

このように我が家は三つの条件をコンプリートしてしまったわけである。

しかしながらこの薬、体内に入り込むと一瞬にして痛みが和らぐのと同時に通常では得難い多幸感をもたらす。中枢神経系に働きかける薬ならではの特徴だ。科学的に綿密に精製されたものなのでいわゆる純度が高い。

愛好者に言わせると、

「そのへんの覚醒剤なんかよりはるかにキマる」

との評判もある。そのぶん一旦ハマると最も抜け出しにくい薬としても有名で、いま現在ではアメリカで千百四十万人もの依存者が報告され、一日平均百三十人以上がこれによって死亡している。遺族らが製薬メーカーを相手取った裁判も世界的なニュースになっているほどだ。どうだろう、オピオイドが覚醒剤や麻薬に負けないほどの問題だと言った意味がわかっていただけただろうか？

もちろん当時は、父もわたしもこの重大な事実を知る由《よし》もなかった。そして当の本人の母だって、理屈なんてなにもわからずにこの渦のなかにのみ込まれていったのだった。

その晩自宅に戻ると、わたしは病院で目にした一連の出来事を父に話した。

医師である父も、当然母の注射の量や頻度の異常さは認識しながらも、日常に流されるままに薬を渡し続けてきたのはすでにお話ししたとおりだ。

しかし、大学病院での厳戒態勢を説明すると、父も事の重大さに改めて目が覚めたようだった。その日のうちに、ふたりで話し合い、

「ママの注射をなんとかしてやめさせよう」

と決めた。

思えば我が家の本当の闘いは、この日から始まった気がする。

まず最初に、父は母から注射薬を取り上げた。

するといままで自由に手にしていたおもちゃを取り上げられた子供のように、母は怒り、キレて騒いだ。

「なんでよ?! なんで注射をくれないのよっ？ 痛いって言ってるのに！」

予想はしていたが、すごい剣幕だった。

かと思うと急に態度をひるがえし、か細い声を出してすり寄ってきては、

「ねぇ史絵、ママ具合が悪くてどうしようもないよ……痛いよ……つらいよ……注射ちょうだい」

と、わたしに取り入ろうとした。

それでもこちらがガンとしてゆるがないと知ると、また罵声を浴びせた。

「なによっ、パパもあんたも！　なんでそんないじわるをするのよ？　わたしが仮病を使ってるとでも思ってるんでしょう？　こんなに痛がってるのに、ひどいじゃないの！」

そうして騒ぐだけ騒ぐと、しばらくは自室にこもって出てこなくなった。内側から鍵をかけ、いくら呼んでも返事もしない。

しばらくはそんなことの繰り返しだった。

世間では依存症患者のことを、

「意志が弱いからやめられないんだ」

と決めつける傾向があるが、本当はこれは大きな間違いだ。

母はもとより意志の強い性格で、親戚の間でもその強情っぷりには定評があった。それだけに一旦ヘソを曲げてしまうと、ほどけるまでにはたいそう手間と時間がかかった。父もわたしも毎日の母の機嫌うかがいに手古摺《てこず》っていた。

それでも母の薬物への執着は治まることを知らない。依存症は常識の範囲をはるかに超える欲求との闘いだ。

「こういう薬は体に悪いんだよ。おまえはクセになってしまっているから、もう使っちゃダメなんだよ」

父が説くそんな理屈や正論では、まったく勝負にならなかった。

薬は渡さない。そう決めてはいたものの、母の怒ったり泣き言を言ったり痛いと騒いだり、そうした巧みな揺さぶりに父がほだされてしまうこともあった。あれほどダメだと言いつつも、渋々薬を手渡ししてしまうこともあった。

わたしはそのたびにどん底に突き落とされるような思いに襲われながらも、父を責める気にはなれなかった。

だって朝から晩まで、わたしが学校へ行っている間もずっと母から薬を強請《ねだ》られ続けていたのだから。父だって人間だ、闘いに心が折れてしまう瞬間があったとしてもやむを得ないことだった。

壊れていく母

結論から言うと、わたしたちの作戦は失敗だった。母から薬を取り上げれば上げるほど事態は悪いほうへ転がった。

もちろん、家族として考えつく限りの努力はしたつもりだ。

いくら制止しても激しい抵抗が一向に収まらないので、半ば無理やり入院させたことだってある。

ご存じないかたが多いと思うが、依存症は精神科領域の病。必然的に入院も精神科病棟になる。

いまでこそ依存症外来や専門病院も散見するようになったが、まだ平成にもならない当時はそんなものはほとんどなかった。それどころか〝アルコール中毒〟〝薬物依存〟というだけで、たいていの病院からは門前払いを受けた。

「うちでは依存症患者は診《み》ません。よそをあたってください」

内科はもちろん、精神科ですらこの調子だった。

そもそも依存症がれっきとした病気だと認識され始めたのは比較的最近になってからで、少し前までは、

「意志の弱さの問題」

「嘘ばかりついて治す気がない」

などと医師からも疎まれるような、言うなればどこの診療科にとっても招かれざる客人だったのである。

そんななかでも無理やり頼み込んで入れてもらった大学病院の精神科病棟では、神経症の若い女性や統合失調症の中年女性に交じって二週間ほど鍵のかかる病室に隔離された。なにをするでもなくただ寝ているだけの入院だ。もちろん薬物は手に入らないので注射はできない。そして、

「はい、二週間薬を断つことができましたからもう退院でいいでしょう」

と言われて、あっけなく退院になった。

当然、これで治るわけはない。単に一定期間隔離しただけで、本質はなにひとつ変わっていないのだから。

帰宅する車のなかで彼女の怒りはマックスに膨れ上がり、爆発を繰り返していた。

「あんなところにわたしを押し込めて！　ふたりともどういうつもりなのよっ。わたしを精神病扱いしてひどいじゃない！」

そう怒鳴り散らすのだった。

いまにして思えばこの言い分は正しかった。依存症は依存症の仲間と共に治療しなくてはならなかったのに、同じ境遇の患者がひとりもいない病棟に放り込んだのは間違いでしかなかった。妄想や幻覚に悩む精神疾患の患者たちと一緒くたに閉じ込めてしまったのはなにひとつ彼女のためにならなかったのだ。

ただ、あの頃はそれくらい依存症の治療法が確立されていなかった。東京の一流大学病院ですらそんなものだった。

自宅に戻ると、そこいらじゅうのものを手あたり次第に投げては壊し、荒れに荒れた。もはや手のつけようがなかった。

そしてすぐに注射を欲しがって、それまで以上にエスカレートした。

入院もダメ、受け入れてくれる先生もいない、そんな八方塞がりの状況に手をこまぬいているうちにただ時間だけが過ぎていった。

注射は減ることはなかった。わたしも父もなす術《すべ》が見つからずに、闘うことに疲れてしまっていた。

この頃になると、母の言動に少しずつ異変が生じていた。

少し機嫌のいい日を見計らって一緒に買い物に出ても、薬が切れる頃になると急激に人相が変わる。そして、

「もう機嫌が悪くなってきたよ、帰る」

と、勝手にタクシーを止めて乗り込んでしまう。

一度などはデパートのエスカレーターに乗っていたところ、一段上にいた母が突然くるっと振り向いて、

「なんでそんなこと言うのよ！」

とキレ始めた。わたしはなにひとつ声を発していなかったので、なにが起きたのかわからず茫然《ぼうぜん》としていると、

「だからあんたと一緒に出かけるのは嫌なのよっ」

と言い捨てたきり、しばらく口を利かなくなった。

きっと何かの騒音やほかの人の会話がごちゃまぜになって、自分の悪口のように聞こえたのだろう。いや、もしかしたら幻聴が始まっていたのかもしれない。薬物による脳の障害には幻聴や妄想はつきものだ。

しかしその時分はわたしにこうした知識もなかったために、いちいち振り回される結果となった。

昔から一瞬ごとに気分が変わる母の顔色をうかがうのはわたしの常だったが、もはやそんなレベルの話ではなかった。いつなにが起きるか予測不能で、落ち着く暇がない。

いきなり思い立ったように家のものを捨て始めることもよくあった。わたしのものも無断でいくつも捨てられた。理由なんかわからないが、聞いても無駄なので尋ねもしなかった。

ある日には、学校から帰るとわたしの部屋の壁紙がすべて暗い濃紺に張り替えられていたこともあった。おそらくイライラした気分をわたしにぶつけたかったのだと思うが、その真っ暗な雰囲気の部屋で自分の時間を過ごさねばならないのはすごく気が滅入ったものだ。

ちょうどわたしは大学六年生になり卒業式を控えていた。みんなのご両親は娘の晴れ姿を見に地方から上京する予定を立ててお祝いムードが盛り上がっていたが、我が家ではそんな話を切り出す雰囲気は皆無。わたしは式で着る袴《はかま》の準備もできないままに、すっかりすべてを諦めてしまっていた。

卒業アルバムをめくると、写真に納まるわたしのいでたちは、色とりどりの袴姿の同級生に交じって、ひとり黒いスーツ姿である。

でもあの頃はそんなことより、とにかく早く医師国家試験に受かって自立したかった。

「なんでもいいからわたしをこの家から離れさせてくれ！」

それが本音だった。

逃げ場所を求めて

国家試験を目前に勉強に逃げ込むことで、幸い現実を見ないで済んだ。

試験前の三カ月間くらいは朝起きてから寝るまでの間、食事と入浴とトイレ以外の時間はほぼ自室の机に向かっていた。なるべく母と顔を合わせないようにして、心を乱されるのを防いだ。

この間、わたしは勉強してばかりだったし父も仕事に多忙を極めていたので、母は退屈と不満を埋めるように注射を打ち続けていた。

薬が効いていない時間は居間でとろとろと居眠りをして、よくタバコの火でテーブルに焼け焦げを作っていたが、もはやそんなことも放任したままだった。

それだけ無心にやった甲斐あって、卒業試験と医師国家試験にパスすることができた。

「お医者さんの試験に一発でパスするなんて、すごいわねえ。さぞやお勉強は大変だったでしょう?」

そんなふうに言ってくださるかたもいるけれど、いやいやなんてことはない。勉強の大変さなんて、家庭内の苦痛に比べたら取るに足らないレベルのものだった。

医師免許を手にし、研修医として働き始めると、それまでの学生生活とはケタはずれに多忙な病院漬けの毎日となった。

朝は六時台の薄暗いうちから病棟の患者さんの具合を診て回り、夜も院内の灯《あか》りが落ちるまで働いた。

休日も深夜もおかまいなしにポケベルが鳴る日々で、始終呼び出しの要請がかかった。必要に迫られてわたしは実家を出て、大学病院のすぐ裏手の賃貸マンションでひとり暮らしを始めた。

1990年代当時の研修医生活は労働基準法が適用されていなかったために、現代ではあり得ないくらい忙しかった。休日は月に一度もなかった。

連日の睡眠不足と疲労でフラフラだった。二年間の研修医期間で実家に帰ったのは三、四回だったと思う。電車でたったの四十分程度の距離にあったというのに、その余裕さえなかった。

そんななかでも父とは同業者として職業人として悩みを相談することは時にはあったが、母とはあまり話をした記憶がない。

わたしに余力がなさすぎて、あえて彼女の問題に踏み込まないようにしていたのだ。

あのときはあれ以上の負荷が加わったら、自分自身が破綻《はたん》してしまいそうだったから。

じつはこの二年ほどあと、研修医生活に忙殺されて少しばかり気を病んだ。元来、自分を追い込む傾向の強いわたしは、必要以上に心身をすり減らしていたのかもしれない。なぜなら周囲を見渡すと、同じ研修医でも充実の面持ちで日々を送っていた同期も何人もいたわけだから。やっぱりわたしも母に似て、生きかたがとことん下手なんだろうな。しばしの休養期間を経て、なんとか現場に復帰した。医師としての再スタートだ。この間の紆余《うよ》曲折についてはあえて今回は触れないでおく。そこはまた別の機会にお話ししたい。

そうそう、おまけに幸い結婚をすることになったのもこのタイミング。新たな生活を踏み出すにあたって、人生に仲間が欲しかった。

多忙時代を知る同い年の歯科医との結婚生活は、数十年経った現在もなお継続中。ありがたいことに、わたしの波瀾《はらん》万丈すぎる人生のなかで最も平安な一面を維持してくれている。

では結婚にまつわる話をしよう。ふつうならば幸せの絶頂以外のなにものでもないはずの出来事だが、我が家ではこんな好事ですらすんなりと運ぶはずがない。

結婚するつもりだと彼を両親に紹介したあとから、母の挙動は一気に不穏になった。親戚に娘の婚約を誇らしげに報告するのはわかるが、聞かれてもいない銀行の担当者やたまたま訪れた保険の外交員にまで自慢話を聞かせた。相手の容姿がどれほど整っているか、家柄が良いか、などといった話を、さも自分の手柄のように吹聴した。

かと思えば急に不機嫌になり、結婚に反対だと騒いだりもした。相手も相手の家も日取りも式場も、

「とにかく全部、気に食わない！」

とがなり立て、せっかくもらった婚約指輪にまでケチをつけた。そのせいでわたしはいまでもその指輪を見るたびにどこか嫌な気分がぶり返してしまい、戸棚の奥にしまい込んだままになっている。

ウェディングドレス選びもわたしひとりでやった。たいていのサロンには溢《あふ》れんばかりの幸せオーラ満載のお母様と娘、なかにはお婆様まで女系三代が手に手を取って試着に訪れている。

「○○ちゃん、こっちのほうが可愛いんじゃない？」

「あら、こちらがお上品だと思うわ」

などと女同士の会話は尽きず、何時間も試着室を占領していた。店員さんたちも、

「お嬢様ならどちらもお似合いですよ」

と、愛想笑いでそれに応える。

わたしはと言えば、家族の同伴もなくたったひとりでドレスを下見に来る花嫁なんてあまり

にもレアケースだから、たぶんただの冷やかしとでも思われていたのだろう。どこの店でもまともに接客もしてもらえないままに、ドレスの手配を事務的に終えた。

あのときに見たよその母娘の結婚準備をする姿が羨《うらや》ましくなかったと言えば嘘になる。でもわたしにとってはウェディングドレスなんてこだわる価値のないものなんだと、自分に言い聞かせていた。大学の卒業式の袴も結婚式のドレスもそう、たった一日限りの形式上のものので、たいした意味なんかないんだ。

そう思わずにはあまりにも自分がみじめになるだけだった。

その後も母の気分の乱高下はレベルを増し、しまいには結婚式にも出ないとまで言いだした。なんでそこまでこじらせるんだろう……と嘆くわたしを見かねた父が、

「母親っていうのは、娘を嫁がせるのは自分の分身を持っていかれるような寂しさがあるんだろう。わかってあげよう」

と慰めてくれた。

このあとも式の座席表から引き出物から新居に関してまで、とにかくなにからなにまで文句の言い通しではあったが、相手側の温かい協力によってなんとか無事に式を挙げることができた。

ともあれ、結婚によって両親の戸籍から抜けたことで、わたしは長い呪縛から少しでも逃げられたような気がしていた。

かつて中学生時代に自らが口にした、

「心から安心できる場所がひとつ欲しい」

やっとそんな場所に逃げていけるんだと、このときは信じていた。

美しい母と醜い娘

母がわたしの結婚に対してあそこまで否定的な振る舞いをしたのには、きっと彼女なりのわけがあったのだろう。

思えば昔から、彼女はわたしが成長するのをひどく嫌っていた。それはまるで娘の自我が目覚めるのを恐れているかのように。

ひとりではなにもできない子供の頃は、すべてを母親に頼らざるを得なかった。決断が必要なときにはいつも母におうかがいを立てていたが、そうすれば彼女の機嫌はよかった。

少し大きくなって、自分でなにかをやろうとすると必ず反対された。

「バレエを習いたい」

と言えば、

「太ってるから似合わないよ」

と鼻で笑われ、

「絵を勉強したい」

と打ち明けても、

「そんなもんじゃ食べていけないよ」

と片付けられた。

小学校高学年になりおしゃれに興味が出てきた頃、美容院で当時流行《はや》りの前髪の髪型にしてきた日、

「あら、史絵ちゃん。似合うよ、可愛くなったねぇ」

と近所のおばさんに褒められた。でも母は、

「こんなのおまえらしくないよ」

とハサミを持ち出し、短くザクザクに切り直してしまった。

翌日、学校でわたしの姿を見た担任の先生からは、

「どうしたんだ？　その髪の毛は？」

と心配されたがなにも答えられなかった。前髪が伸びるまでの数カ月、毎日学校へ行くのが本当に嫌でならなかった。

こんなふうに、わたしが成長して自分の世界を持つのを嫌って母はことごとく邪魔をした。

その証拠に、思春期には、

「あんなに可愛く産んであげたのに、おまえは自我が芽生えてからどんどん醜くなっていくね」

と毎日のように言われた。

本当ならば女の子が一番可愛らしく輝いて見える年齢のはずだけれど、娘のそんな姿が彼女の目には嫌悪としてしか映らなかった。

だからわたしは、おしゃれや可愛く見せるような振る舞いにはあえて興味のないふりをした。

いつまでも太ったダサいブスな娘でいて、母にいい子だと思われたかった。


我が娘をブス呼ばわりするなんて、本人はいったいどれだけ美しかったというんだろう？

そんな疑問が持ち上がるかもしれない。

母の写真を見せると、たいていのひとが、

「わぁ、お母様はおきれいなかただったんですね」

と言ってくれる。

あぁ、たしかに母はきれいなひとだった。

でも、その顔は美容整形によって作られたものだとわたしは幼い頃から知っていた。

学校から戻ると、母の顔が変わっていることが何度かあったからだ。目の大きさ、鼻の高さ、顎の形、はっきりと覚えているだけでも何回かある。

慣れ親しんだ母親の顔がなんの予兆もなしにある日突然別人になる違和感は、経験した子供にしかわからないだろう。なんとも言えない悲しく寂しい気分がするものだ。

だからわたしはいまでも美容整形が嫌いだ。どんなに時代が美を追求しようが美容医療が人気を博そうが、わたし自身は顔を変える気はない。ブスだろうがババアだろうがいい、変えたくはない。

当時、美容整形はそれはそれはまれなものだった。一回の手術も百万円単位と高額なうえにできる病院も数少なかった。女優さんやごく一部の女性だけが受けるような手術で、とうてい一般家庭の主婦が手を出せる世界ではなかった。

そんな時代にもかかわらず、そこまで顔をいじっていたのも彼女らしい。

とりわけ不細工なわけでもなかったのに、顔じゅうのどこもかしこも取り換えたいくらいに自分の顔が嫌いだったんだろう。

顔が嫌い、それは本当は顔の問題じゃない。自分そのものが嫌いということだ。

彼女は、感情に揺さぶられてヒステリックになる自分も、激高してわたしに手を上げる自分も、かつて他人の夫を略奪した自分も、全部が嫌いでしかたなかったんじゃないかな。

そんな自分に自信がなかった。だからわたしにはそばにいてほしかったんだ、できればいつまでも子供のままで。大人になって離れていくなんて許せなかった。

わたしの結婚が決まって巣立つ日が近づくと、いてもたってもいられないくらいの恐怖に襲われた。思わずめちゃくちゃにしたくなるくらいに。だからあんな態度を取ったんだろう。

美しいと言われる寂しい母には、いつまでも自立できずにすがりつく娘が必要だったのだ。

そしてその娘はなるべく醜くて魅力がないほうがよかったんだ。一生、どこへも行かないように。

父からのSOS

わたしは生活の基盤を夫との暮らしに移し、医療のほかにも連載エッセイを書いたりラジオ番組をやったりと、なかなか盛りだくさんな日々を送っていた。

そもそもなぜ医師としての生きかただけに飽き足らず、メディアなどに足を踏み入れてしまったのか？

これもよく訊《き》かれる質問なのだが、これについては自分のなかで明確な答えが出ている。ただひとつ、

「誰かに認めてほしかったから」

幼少期から母親に褒められることがなく、認められた感覚のないわたしは、自己評価がすこぶる低い。それを埋めるために、誰かに見てほしい、認めてほしい、そしてできれば褒めてほしい……という願望がひと一倍強いのである。

おそらくこれはわたしに限ったことじゃなく、テレビに出ているひとの多くはこの傾向がある気がする。

生まれ育ちの事情はそれぞれだが、もとから幸せで満ち足りた人生であれば、なにも大衆に顔と恥を晒《さら》してまでリスクの高い生活を選ぶ必要などないのだから。アイドルもタレントもミュージシャンも、たぶん欠けているなにかを埋めるために一生懸命にもがいているのだと思う。

わたしの場合、コネも才能も美貌もないところからのメディア業のスタートは、それは困難極まるものだった。星のかけらを掴むような現実離れした計画で、誰もが、「メディアで成功するなんて、そんなの無理だよ。おとなしく医者だけやってたほうが賢明さ」と苦言を呈した。おっしゃるとおり、医者になることの何倍も苦労した。

でもそのぶん挑戦のし甲斐があった。

一本の連載に歓喜し、初めてのレギュラー番組には胸を躍らせた。どれもが人生で初めて経験するような充実感で、毎日を必死で駆けていた。

その一方で、日に日に実家とは疎遠になっていった。なぜって、そのほうが平和だったからに決まっている。

こちらが距離を置いているのを察知すると、母は逆ギレするみたいにわたしに敵意をむき出しにした。

大好きな父とは話したかったので、たまの休みには実家に寄ることもあったが、そんなとき

でも母はわたしの顔を見るなり、

「おまえ、なにしに来たんだよ？　早く帰れっ」

と露骨に眉をしかめて乱暴な言葉を投げかけた。極端にわたしを毛嫌いしていた。

「せっかく来たひとり娘にそんなことを言うもんじゃないよ」

父が悲しげな顔でたしなめると、よけいに反発して、

「おまえの顔なんか見たくない！　早く死ねっ」

とひどいセリフを吐き、私を寄せつけまいとした。

家じゅうに注射器が転がり、母の服の袖が血で汚れている状況は、昔となにひとつ変わっていなかった。

世間には、実の母から何度も〝死ね〟と言われた経験のあるひとはそうそういないだろう。我が家のこの関係性はにわかに理解し難いと思う。わたし自身もこのときには、母の心境がまったくわからなかった。

（なぜ自分がそこまで嫌われるんだろう？　言われるままに勉強し、望みどおり医者にもなった。それでもまだなにか足りなかったんだろうか？

それともなにか悪いことをした？　薬の使用をとがめたのがそんなにいけないことだったのか？）

いくら考えても答えが見つからずにいた。

これに関しては、その後何十年も経ってから依存症専門の精神科ドクターと話をした際に言われたことが心に残っている。

「あのね、母親にとって娘は最愛の対象なんだよ。それと正面から向き合いながら間違った薬物を使い続けるときに感じるのは、背徳感以外のなにものでもない。とうてい正常な精神状態ではやっていられないほど苦しいものなんだ。だからこそ、あなたを遠ざけようとそんな汚い言葉が口に出たんだと思うよ」

こう諭されたことで、あの頃の母のどうしようもない苛立《いらだ》ちの源が、ほんの少しだけわかったような気がした。


携帯電話が鳴ったのは、わたしが結婚して数年が過ぎた頃だった。

電話の主は父だった。

「史絵か？　ママがね……もう限界だ」

いつもと違う元気のなさが電話の声から伝わってきた。

わたしの知る父はライオンのお父さんのようにいつも強く、家族を守ってくれるようなひとだった。少々のことでは動じない落ち着きもあった。

こんなエピソードがある。いつだったか、母が習い事の書道で知り合った年下の男性との間に不貞の噂《うわさ》が立ったことがあった。

それが相手の奥さんにバレて、烈火のごとく我が家に電話がかかってきたのだが、そんなときも父は取り乱すことなく、

「僕は自分の妻を信じていますよ。あなたがどんなに騒ごうとね。あなたは自分のご主人を信じられないのですか？」

と静かに、しかし確固とした信念を持って応対をした。このひと言でその女性はぐうの音も出なくなり、引き下がるしかなくなった。それほど父の言葉には重みがあった。

おかげで母は騒動から解放されることができた。

わたしはまだ小学生で子供だったので、このときの真相は知らされていない。でもおそらく火のないところに煙は立たず。きっと事実だったのだろう。

まぁ、いまとなってはどうでもいいような話だ。

そんな父の弱った声を聞くのは正直ショックだった。

聞けば薬がどんどん増えてしまって、日に四回も五回も打っているという。もうシラフの時間はないに等しいと。

彼らふたりの日常に円満な笑いなどはすでになく、たまに交わされるのは、

「注射なくなるよ、ちょうだい」

という会話だけになっていた。

父の手元に予備のアンプルがないと知ると、夜中でも少し離れた場所にある医療用倉庫に取りに行けと執拗《しつよう》にせがむそうだ。それを拒むと大騒ぎをし、しまいには父を突き飛ばし手を上げるようにまでなっていた。

父もこのときには七十歳を過ぎていたから、男とはいえ体力も落ちてきていた。十歳下の母の手加減なしの腕力には悲しくも負けてしまうようになっていた。

その訴えを聞いて、わたしは自らを強く反省した。わたしは我が家の問題のすべてを見ぬふりをして、年老いた父に押しつけたんだ。

自分勝手にやりたい仕事に没頭し、一生懸命にやっている気分に酔っていただけで、その裏側では父がたったひとりで地獄の苦悩と闘ってくれていたんだ。

その結果がこれだ。

いつかこうなると予期していたはずなのに、わたしはずるさから知らんぷりを決め込んでいたんだ。

わたしは自分を責める言葉がもう見つからなかった。

II

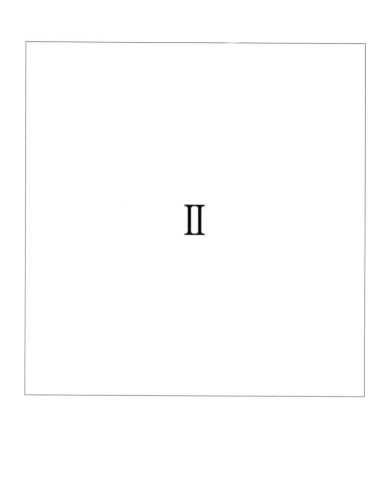

ダルク

父の困憊《こんぱい》ぶりを知ってから、ネットを貪《むさぼ》るように検索する日が続いた。

平成のこの頃になると、インターネットで誰でも情報を得られるようになったのが画期的な前進だ。

〈依存症〉〈薬物依存〉〈処方薬物〉〈オピオイド〉〈専門医〉〈専門外来〉、思いつく限りのキーワードをとっかえひっかえ入力してみる。だが、これがなかなかヒットしない。

そう、平成とはいえいまから二十年も前の話だ。この時期でもまだ、依存症の専門家はほとんど存在しないに等しかった。依存症がれっきとした疾患だという概念すら、まだ医学界に定着していなかった。

そんなわけだから、頼れそうな医師も簡単には見つからない。

依存に悩む人の個人のホームページなどはちらほらとあるのだが、

「また今日も使ってしまった。自己嫌悪、死にたい」

とか、

「かかりつけの精神科に行ったけど、相変わらずの三分診察でなにひとつ変わらずにただ帰ってきた。無駄な時間……」

といった混沌《こんとん》とした内容のものばかりで、見ているこちらが暗くなる。パソコンに向かってはため息をつく日々が過ぎた。

ちょうどわたしはラジオ日本という放送局で深夜放送のパーソナリティをしていた時期だった。わけあって薬物依存の問題をしゃにむに調べていると知ったスタッフが、ひとつの情報を見つけてきてくれた。

「なんでも、薬物依存の人たちの自助グループがあるみたいですよ。ＤＡＲＣ《ダルク》って言うんですけど、興味あるなら取材してみます？」

ＤＡＲＣ？　聞いたこともない。自助グループ？　なんだそれ？

でもほかに情報がなにもない。少なくとも薬物依存経験者がたくさん集まっている場所であることは間違いなさそうだ。

病院探しも思うように進まず手をこまぬいていたところだったので、糸口になりそうなものならなんでもよかった。

「よし、そこに行ってみよう」

わたしたちは急遽《きゆうきよ》〝薬物依存の現状〟についての企画を立ち上げ、番組の取材と称してイン

ダルク

タビュー兼見学を申し込んだ。

返信はすぐに届いた。

「いつでもどうぞ」

というあっけないほどシンプルかつウエルカムなものだった。後に、この寛容さこそがDARCの基本理念だと知ることになる。


そこは東京の下町、台東区と荒川区の境あたり。さびれた古いビルだった。

いまでこそ薬物依存者の回復施設DARC（Drug Addiction Rehabilitation Center）と言えば知らぬ人はいないほど有名な団体で全国にその支部が置かれているが、最初はごく狭いその建物から始まったことはあまり知られていない。

ウィークデーのジャージ姿の男性たちが数人、そこへ出たり入ったりを繰り返していた。

正直なところ、普段ならあまり知り合うタイプの人たちではないので少し戸惑った。

ビルの応接室にわたしともうひとり、同行したスタッフは通された。

目の前に座った男性（年の頃なら　五十代？　六十代初めくらいだろうか？）は、ラフだが清潔な服装をしていた。そしてふっくらとした穏やかな笑顔でゆっくりと話し始めた。

自分が覚醒剤依存者であったこと。もっと前にはバリバリのやり手サラリーマンであったこと。仕事のストレスがひどいときに、関係者からたまたま勧められた一本の覚醒剤からすべてが変わってしまった話。

入院も逮捕も拘置所暮らしも経験したという。違法薬物依存者のフルコースだ。

初めのうちは万能感や多幸感を得られたものの、途中からはそれがなくなってくる。使うとさぞや気持ちいいから使い続けるんだろうと思っている人が多いが、薬物の依存はそうではない。使わない時間、つまりシラフの時間がとてつもなくつらくてしかたがなくなるから使わずにはいられないのだ。そうなってくるとたとえ使用しても、もう初めの頃のようなよさはかけらも得られないのだが、使わないではいられないのだ。

「やらないのは地獄、やっても地獄」

これは依存症の当事者たちがみんな口を揃えて言うセリフだ。

彼の場合もこうしてすべてを失った。そしてどん底に落ちたときに出会ったひとりの米国人神父、ロイ・アッセンハイマー氏によりアルコール依存者の自助グループAA＝アルコホーリクス・アノニマスの存在を知り、そこでの体験をもとにご自身でＤＡＲＣを立ち上げることになっていく。

このひとこそがいままでは知らぬ者のいない、薬物依存者の回復施設ＤＡＲＣの近藤恒夫《つねお》さんだった。にこやかでゆったりとした所作からは覚醒剤で逮捕歴のある危険人物にはとうてい見えない。

依存症に対する世間の偏見はいまでもかなりあるが、近藤さんの時代はその比ではなかったはずだ。アルコール依存というだけでも爪弾《つまはじ》きにされる社会で、薬物依存、ことに覚醒剤ともなれば悪の権化のごとき扱いを受けたに違いない。

「DARCを始めるのにね、まず部屋を借りようにも貸してくれる大家さんがいなくてね。そんな犯罪者の集まりみたいな連中にたむろされるなんてごめんだよ、ってね。最初はほんとに困ったよ。ははは」

明るく笑う裏側には、人知れぬ苦労が読み取れる。

結局、神父からお金を援助してもらって古いビルを棟ごと借り上げてセンターを開くことになるのだが、その運営は社会的にも経済的にも、また精神的にもシビアなものだったと想像するに易い。


近藤さんのそんな体験談を聞かせていただいているうちにDARCのミーティングが始まった。依存症の当事者たちが集まってそれぞれ自分の話をする会だ。このミーティングへの参加こそがDARCのたったひとつのルールであり、それがすべてと言ってもよかった。

本来ならば当事者以外の参加は許されない決まりだが、メディアの取材という名目に助けられて同席させてもらえることになった。わたしたちは邪魔にならないように端っこの席で身を小さくして座った。

「わたしは覚醒剤依存のイチローです。先月刑務所から出てきたところです。売人からの連絡はまだないんですが、寄ってこられたらどうしよう、困ったな……と考えているところです」

ミーティングでは誰もがアノニマスネームと呼ばれるあだ名で話をする。実名を語る必要はない。電話も住所も個人情報は一切明かさなくていい。そのかわりに、自分の真実を語ることが求められる。逮捕歴があることや元受刑者だとわかっても、誰も非難はしない。そんな人間ばかりが仲間として集まっているからだ。

「ハヤシです。僕は今月でクリーン一年になります。覚醒剤です。入院も二回、刑務所も三回入りましたので、もうそろそろホントにまずいなと思っています」

依存物を断ち切り、使用しないでいることを〝クリーン〟と呼ぶ。一旦中止していた依存物を再度使用してしまうことを〝スリップする〟と言う。

もしもやめると決めていながら薬を使ってしまったとしても、それを正直に語るのがミーティングである。それに対して、

「なんでまたやったんだよ?! おまえ、やめるって言っただろう?」

などと叱るひとはいない。さげすむ眼差《まなざ》しもない。なぜなら誰もが同じ立場で同じ気持ち、

もしかしたら明日には自分が再び薬物を手にしてしまうかもしれないとわかっているからだ。だから叱責《しっせき》や怒号よりも、ここが安心して真実を語れる場所であることのほうが何倍も何十倍も意味のあることなのだ。

ＤＡＲＣは来る者を拒まない。家族から社会から見放された、行くあてのない前科者であったとしても、

「よく来たね」

と受け入れる寛容さがそこにはあった。

みんな、苦しさを抱えてこの場所に集まっている。世間から非難の目を向けられても、それでも自分を救いたくて必死なのだと思った。ここ以外にもう行く場所はないのかもしれず、だから日々このビルへと足を運ぶ。

そう考えながらミーティングを見ていると、最初は違和感を覚えた彼らに、わたし自身が少しずつ優しい気持ちを抱くようになっていた。

集まって円座になっていたメンバー全員が話し終わると、ミーティングはお開きになった。なにか結論づけたまとめがあるわけではない。全員の報告スピーチのようなものだった。

別れ際、近藤さんにお礼のあいさつに行ったときの彼の言葉はいまでもはっきりと覚えてい

る。

「僕はね、もう覚醒剤をやめて何十年も経ったんだ。ずっとやっていないよ。これからもやらない。でもね、本当は明日のことなんかわからないんだ。だってやりたい気持ちがゼロか？って聞かれたらそうじゃないもん。やりたくなくなったわけじゃないんだよ。やりたいけど、やらない。それを繰り返して生きてきただけのこと。昨日も、今日もやらない。だから明日もやらないでおこう。そうやって一日一日をクリーンに生きていくしかないんだよ。それが依存症から抜け出すたったひとつの生きかた」

最初に見たときと同じような穏やかな視線をこちらに向けると、近藤さんはにこっと笑った。チャーミングなひとだと思った。

と同時に、彼のゆったりとした世界観の反対側にあったであろう長い闘いの日々を思うと胸が苦しくなった。

六つの特徴

「ここの存在をね、知ってるか知らないかで運命は変わるかもしれないのよ。依存暮らしのあげく、人生もうダメだって自暴自棄になってさ、死にたくなるわけ。その最後の瞬間にここを思い出してさ、そのおかげで助かることだってあるんだよ」

そうやって死を免れたひとを何人も見てきたのだろう。ＤＡＲＣの近藤さんの言葉には真実味があった。

帰宅の道すがらずっと、わたしはＤＡＲＣの存在をどうやって母に告げるかを考えていた。面と向かって、

「こういう薬物依存の自助グループがあるんだけど、どう？　参加してみない？」

と言えればなんの苦労もない。

でもとうてい、こんな提案を受け入れるはずはない。それまでの精神科への入院やら薬に対する罵《のの》り合いやらで、彼女の心は頑なに閉ざされていた。

わたしの顔を見れば罪悪感と自責の思いから、

「おまえなんか消えろ、死ね」

と逆ギレして罵るばかりの母に、薬物の、やの字を持ち出すことすら自爆行為だった。

そう、まるで触れたら大爆発をする地雷の上をそろりそろりと歩くみたいに、我が家の問題はとことんこじれきっていた。

そもそも母は人間嫌いで他人と心から仲よくできない、壁を作るタイプだ。

(自分はほかの人間とは違う、一緒になんかされたくない)

と思っている。

そんな人間にグループセラピーなんて無理だ。それも違法薬物で前科のある人たちと合同のミーティングになど、素直に行くはずがないじゃないか……。


後に提唱されていく依存症治療のメソッドのひとつ、『ハームリダクションアプローチ――やめさせようとしない依存症治療の実践』のなかで、埼玉県立精神医療センター副病院長の成《なる》瀬《せ》暢也《のぶや》先生は依存症になりやすいひとの特徴として、次の六つを挙げている。

①自己評価が低く自分に自信が持てない
②人を信じられない

③本音を言えない
④見捨てられる不安が強い
⑤孤独でさみしい
⑥自分を大切にできない

これはまさに、わたしの母の性格を文字に起こしたようなものだった。

まず②のとおり、基本的にひとを信じていない。おそらくきょうだいや親戚にも心を開いてはいなかったはずだし、友人と呼べるひとはごくわずかで、その誰とも距離を置いた付き合いだった。
③のように本音が言えないこともよくあった。そのくせ虚勢を張るものだから、本人はいつもストレスが溜《た》まっている。
にもかかわらず④⑤のごとくひと一倍寂しがり屋な一面もあるから、わがままな言動が手に負えない。こんな調子だから親友と呼べるひとができにくい。

せめても夫とひとり娘であるわたしだけは彼女が心を許せる対象になり得たのだろうが、それも薬物をめぐる諍《いさか》いの果てにぼろぼろに崩れてしまっていた。

依存症の抱える第一の問題は、なんと言っても当の本人が自分の問題を自覚していない点にある。最初は自分が依存症だと思ってもいないし、それが病気だという認識もない。たとえば覚醒剤やＭＤＭＡなどの違法薬物ならば少なからず罪の意識を抱くきっかけもあろうが、処方薬となると合法ゆえにそれすらもない。

そもそも、

「痛いから使い始めたのに、それのなにが悪いのよ？」

と考える。おまけに、

「医者が処方した薬なんだから悪いものなわけないでしょう？　もしいけない薬なら、なんで投与したのよ？　使う医者のほうが悪いじゃない」

となる。逆に被害者意識すら芽生えてしまう。たしかに、頷《うなず》ける面もある。

だから処方薬依存の原因は本人に半分、医師に半分、責任があるとわたしは思っている。もちろん、誰も初めはこんなことになるとは思っていない。本人にも医師にも悪意がないのが最大の不幸なのである。

依存症の自覚もない人間をいきなり責め立て、対象物を取り上げ、自助グループに放り込むのは至難の業《わざ》だ。

「これがあなたのためだから」

などという押しつけの説得はまったく用をなさない。

後に知った話では、家族が自助グループや専門外来を勧めたのをきっかけに本人の逆鱗《げきりん》に触れてしまい、家庭内暴力に発展したケースもたくさんある。ぎりぎりのバランスで留《とど》まっていた家族関係が、このアクションひとつで暴発してしまう可能性もあるリスキーな手段とも言える。

そこでわたしは考えあぐねた結果、母にお守りを手渡すことにした。そのなかに小さなメモを入れた。そこにはＤＡＲＣの連絡先を書き込んだ。

どうしてこんなまわりくどいことをしたのか、いまでは自分がバカみたいだと思う。お守りの中身なんて開いて見る可能性はすごく低いのに……。

でも、もしかしたらなかを見るかもしれない。メモを見つけてくれるかもしれない。淡い期待を胸に抱いていた。

そんなやりかたしかできなかったのが、まさしくあのときのわたしたちの関係性を物語る。

「お守りを買ってきたから。これ、持ってて……」

たったそれだけしか言葉にできず、ベッドでごろごろしている母に手渡した。

「へぇ。史絵も優しいところあるんだね」

鼻で笑いながら受け取ると、母はそれをポンとわざと乱暴に引き出しにしまい込んでしまった。

その後、彼女がそのお守りを手に取る姿を見たことはただの一度もなかった。なかのメモの存在に気づいたかどうかは、いまとなっては誰にもわからない。

依存症外来

わたしの必死の願いをかけたお守り作戦はあっけなく空振りに終わった。だがそれでも諦めるわけにはいかなかった。

この頃のわたしは、寝ても覚めても母の注射のことで頭がいっぱいだった。仕事をしていても、

「いまこうしている間にもまた注射を打っているに違いない。それを見て落胆する父親にひどい暴言を吐いているんじゃないか？　もしかしたら手を上げているかも……」

そんな心配ばかりが頭をよぎった。

生放送前のラジオ局や地方の講演会場からもちょくちょく父に電話を入れては、無事を確認する日が続いた。

ある日、ネットサーフィンの末に一件のサイトにたどり着いた。それは薬物依存の当事者男性の日記のようなページだった。

とりとめのない日常を綴《つづ》るなかに、ひとりの医師の名前が書かれているのを見つけた。

「竹村先生、あなたはニコニコ仮面ですね。またクスリをやってしまったと話しても、いつだってあなたはニコニコしている」

そんなことが書かれていたと記憶している。

〝先生〟だって？

この二文字に食いつくように日記を読み進めると、どうやらこの先生は依存症の専門の医師だということがわかった。おまけに東京の大都心、表参道に外来があるらしいことまで突き止めた。

いまのようにデザイン性に優れたわかりやすいホームページなどは見当たらなかったが、なんとか外来の所在地と電話番号を確認し、次の瞬間には迷いなくわたしは電話をかけていた。

千代田線表参道駅で降りるとそこは、クリスマスイルミネーションで有名な東京でも一、二を争うおしゃれスポット。キラキラしたファッションビルや鮮やかなブランドショップが立ち並び、原宿竹下通りにも近い。

街行く人々はそれぞれに目いっぱい着飾って、誰もが幸せオーラを纏《まと》っているかに見えた。

わたしはそんな街並みにまったく不似合いな切羽詰まった表情だったと思う。下手したら、その幸せな街でその日一番不幸な顔をしていたかもしれない。

駅を出るとわき目も振らず、目的のビルへと急いだ。

〈外苑神経科〉（注：現在は移転のため閉院）

古いビルのエントランスに書かれた表札を見つけると、足早に階段を上がった。逸《はや》る気持ちを抑えられず、心臓がドキドキと高鳴った。

（ここだ、ついに来た。これで母の依存は治してもらえるんだ。ここですべてが解決するんだ）

そう思ったら興奮しないわけがない。まさしく九死に一生を得た気分だった。

ドアを開けると、静かでほんわりと明るい待合室には数人の患者さんが座っていた。どのひとも常連の患者さんなのだろうか？　わたしよりも数段落ち着いた雰囲気を持って座っていた。鼻息を荒くしていたのはわたしだけだった。

あらかじめ電話で問い合わせたところ予約制ではないとのことで、診療開始時間よりかなり早めに訪ねた。それでも数人の先客があり、一番乗りではなかった。

名前を呼ばれるまでの間、じれったい気持ちを紛らわせるために壁に貼られた多くの記事の切り抜きを読んで時間を潰した。

どうやら院長の竹村道夫先生は、依存症の世界ではかなり有名な先生のようだった。専門誌から一般女性誌まで、たくさんの掲載誌があった。アルコールから覚醒剤、ギャンブルに至るまで、さまざまな依存症についてインタビューに応えているものだった。

恥ずかしい話だが、拒食症や過食症といった摂食障害や家庭内暴力が依存の一種だということを、わたしはこれらの記事から初めて知った。依存症という病が、数多くの家族問題や社会の事件に関わっていることを感じた。

それだけに待合室に座る人たちも、きっとそれぞれに深い問題を抱えて順番を待っているのだろう。当事者か？　はたまたわたしのような家族なのか？

どちらにせよ、悩んでいるのはわたしだけではないということだけは、はっきりとわかった。

「初診のかた、こちらへどうぞ」

女性に誘われ、カウンセリングの小部屋に入った。初めての外来では問診に時間がかかるため、ドクターに会う前にまずは臨床心理士さんと話をする段取りになっていた。ここであらましを説明し、カルテを作成してもらう。

心理士さんはこちらの話を遮ることなく、それでいて要点をまとめながら聞き留めていった。これと言って自分の意見を押しつけてくることもなく、ただひたすら傾聴することに重点が置かれているように思えた。

わたしは母の薬物の問題の過去から、いま現在までの十数年を、なるべく順序立ててかいつまんで説明した。待合室で座っている間に何度も頭のなかで反復してまとめた内容だった。限られた診察時間のなかでできるだけ真実を伝え、わかってほしかったのである。

ひと通りの問診を終えると、再び待合室で待機した。ここまでで優に一時間以上は経過していたが、不思議と苛立ちはなかった。この待ち時間の先に、なんらかの解決への扉が開かれていると信じていたので、多少の我慢は苦でもなかった。

そこからさらに三十分以上は経っただろうか？　何人かの患者さんが出入りするなか、ついにわたしの番が来た。

「診察室にどうぞ」

事務の女性の声かけで診察室へと向かった。

「失礼します」

ドアを開けるとたくさんの本や書類が積まれた大きめなデスクの向こう側に男性医師がひとり、ゆったりと座っていた。

「ああ、いらっしゃい」

五十代半ばくらいだろうか？　声が大きい、体つきもがっちりとした医師がこちらを見て微笑《ほほえ》んでいる。このかたが竹村道夫先生だった。

「あの、母のことなんですけど……」

こちらが話し始めるよりも早く、先生は口を開いた。

「あなた、お父さんはいるんだよね？　あなたもお父さんもお医者さんなのね？」

さっき心理士さんが作ってくれたわたしのカルテに目をやっている。こちらが頷くのを見るや否や、耳を疑うような提案が切り出された。

「じゃあね、まずは入院しなさい。あなたとお父さん、ふたりでね」

（え？　入院？　わたしが？　父も？　ちょっと待ってよ、なに言ってるの？）

病気なのは母親であってわたしじゃないのに、なんでわたしが入院しなくちゃいけないの？　わたしの頭のなかは？マークの嵐である。

「うちの入院施設が赤城《あかぎ》高原にあるのよ。いつから来られる？　仕事は休めるね。なんなら入院先から出勤もできるからね。ちょっと遠いけどね」

先生はどんどんと話を進めている。せっかちなひとだな……。

「あ、あの……母じゃなくて、わたしたちが入院するんですか？」

先生の言葉の隙間を縫って、ようやくそれだけ質問をした。すると先生は当然だろうという面持ちで、

「あぁ、あのね。依存症の家族はみんな、自分たちも病的な状態になってるの。依存症に巻き込まれてるの。だってほらあなた、毎日の生活もままならないでしょ？　頭のなかもお母さんの問題で満杯でしょ？　そんなのは健全じゃあないって、わかるでしょう？」

言われてみればそのとおりだ。この頃は四六時中母親のことで悪い想像ばかりが頭を占拠し

て、自分の生活どころじゃなかった。

いろいろ考えると涙が出てきて、夫にバレないように毎晩ベランダで泣いていた。夫は気づいていたのかもしれないけれど、かける声すら見つからなかったのだろう。よけいなことはなにも言わずにいてくれた。

そうだ、たしかにこんな暮らしが幸せなはずがない。自分のやりたいこと、夢、希望、そんなものはあったものじゃなかった。この先ずっとこんな日々が続くのかと考えたら、吐き気がした。

「ね、わかったかな？　だからまず、依存症家族は家族用の治療をしなくちゃいけないの。そのためにはできれば当事者のお母さんと離れたほうがいい。入院して、あなたがしっかり治療を始めるべきなんですよ」

先生の言葉には不思議な説得力があり、わたしはその日のうちに入院承諾書にサインをしていた。家で待つ父親のぶんも書類をもらった。

「あなたがここに来た、それが大きな一歩なのよ」

部屋を出るときに竹村先生はそう言ってくれた。まだ何も始まってもいないのに。

でもいま振り返れば、たしかにこの一歩がわたしたちの人生を大きく変えることになった。

入院？　わたしが？

帰宅後に竹村先生からの提案を父親に話した。最初はわたしですら、

（入院？　このわたしが？）

と耳を疑ったくらいだから、父も驚いた様子ではあった。

それでも話し合ううちにほかに良策もないわけだから、まずは素直に先生を信じて従ってみようという結論になった。

なによりも、まずは一旦母親から離れて、心を落ち着かせたい気持ちが強かった。

そうすることで、いまわたしたち家族の置かれている状況を客観的に見られるようになるかも？という期待もあったし、このアクションがきっかけで、母にとってもなにかの気づきに繋がってくれればとも願っていた。

決めたら早いほうがいいという先生の指示で、その週末の列車の切符を取った。行き先は群馬県の赤城高原。

「お母さんには、詳しいことや連絡先は言わなくてもかまいません。とにかく入院することに

なったと説明して出てきてください」

言われたとおり、父とわたしは行き先も告げずに小さなカバンひとつを持って、逃げるように家を出た。

わたしも父も仕事を休みにした。開業医で働き者の父にとって、休診にするというのはとても勇気のいることだったと思う。五十年の医師生活のなかで、自分の都合で休んだことはあとにも先にもこれ一度きりだったはずだ。今回のことは、父にとってもそれくらい人生をかけた大勝負だったのだ。

もちろん、置いていく母を思うと心が痛まなかったわけではない。

本当ならば外苑神経科を受診したことからこれまでの経緯をちゃんと説明してあげたいところだが、細かい話を始めてしまうとまた大騒ぎになり暴れるに違いなかった。

ひとりで取り残されると知ったなら猛反対するに決まっていた。寂しさよりなにより、父が不在の間の薬が底をつく恐怖が真っ先に立つはずだから、尋常でない不穏状態になって我々の計画をぶち壊すのは目に見えた。

相手はもう一般常識の通じる状態ではなかった。

だからわたしたちふたりは、後ろを振り向かずに列車に飛び乗った。たったひとつの約束として、

「入院のカリキュラムが終わるまで、途中で投げ出して帰らないこと」と決めた。中途半端な気持ちが一番の治療の妨げになることを、我々はこれまでの経験から痛いほど思い知っていたから。

赤城高原の駅には病院からの迎えのバスが来てくれていた。同じ列車で到着したほかの何人かと一緒にバスに揺られること数十分。バスのなかではみんな無口で、ほとんど会話を交わすこともなく窓の外を眺めていた。

いま思えば、それぞれに他人に言えない事情を胸に抱えてここを訪ねてきた人たちだ。とても社交的になどなれる気分ではなかったのだ。

車窓の景色が緑一色に変わり、高原のかなり上のほうまで上がった頃、目の前に大きく清潔な雰囲気の真っ白い病院が現れた。

ここが〈赤城高原ホスピタル〉だ。この日までにわたしは、この病院についてネット情報を読みまくっていたから、摂食障害やアルコール、薬物の依存症当事者と家族にとっての聖地のような病院だと理解していた。

あの当時、依存症患者本人に対する入院と家族に対する入院施設を両方とも兼ね備えていたのはおそらくここだけだったはずだ。

依存症の専門施設がなかった時代、どれだけの悩める人々がここを探し当ててたどり着いたのだろうか。たどり着けた人は幸運だ。とにかくここではほかの医療機関とはまったく異なる治療方針で独自の医療が行われていた。

施設内では父は男性病棟へ案内され、わたしは摂食障害の女子リハビリハウスの一室を割り当てられた。父娘だからといって同室ではない。

わたしのハウスには、いくつかの個室と共用のキッチンがあった。回復して退院準備をする摂食障害の患者さんたちが自炊をして社会生活復帰へのトレーニングをする場所だ。依存症当事者でなく家族、それも薬物関連の入所者はわたしだけだった。

摂食障害。過食と拒食、食べ吐きを繰り返す病の彼女たちの生活を間近で見てわかったのは、彼女らにとって自炊で食事をコントロールできるようになることは、素晴らしい回復だということ。

実際に出会った二十歳くらいの可愛らしい女性が、

「体重のことばっかり気になっちゃう、ホントに嫌な病気ですよ……」

と料理を作りながらぽつりと呟《つぶや》いていたのを思い出す。

彼女は一見、健康そうな体格と顔色に回復しているように見えたが、そのひと言で内側ではまだまだ病気との闘いが続いているのだと知った。

ただ食事を作って食べる、たったそれだけの簡単なことが、彼女たちには途方に暮れるほどつらい試練なのだと気づかされた。

そんなシーンひとつ取ってみても、この入院生活はわたしの抱える薬物問題のみならず、さまざまな依存症の奥深さを垣間見るきっかけとなった。

ミーティングという治療

この入院の目的はたったひとつ。

家族ミーティングに参加すること、それだけだ。

わたしたち父娘には一粒の薬すら処方されなかった。特別な心理療法やテスト、カウンセリングもない。ただ午前と午後に開かれるミーティングに出る、それのみが決められた治療だった。

あとの時間は院内の食堂で食事を取ったり本を読んだりした。病室は閉鎖病棟ではなく、出入り自由だった。

近くを散歩することもできた。高原ホスピタルというだけあって、あたりはのどかすぎるほど自然に満ち溢れていた。木々の緑が眩《まぶ》しく、鳥の声で目が覚めた。

この恵まれた環境のおかげで、母のいざこざや日常のせわしなさからも解放され、父もわたしもこわばりきっていた表情が目に見えて緩むように変化した。

もちろん、このゆったりとした自由な入院生活が許されたのは、我々が依存症患者本人ではなくて家族としての入院だったからにほかならない。

薬物依存の当事者の場合は、薬の持ち込みなどが固く禁じられているために、定期的に荷物のチェックがあった。薬だけでなく接着剤やマニキュア除光液など、科学薬品の類はすべて持ち込み禁止の対象だ。自傷行為を防止するために、ハサミやカミソリも許されていなかった。

患者たちは許可を得ればコンビニに買い物に行くことができたが、摂食障害の子には単独行動は認められなかった。必ず何人かで出かける決まりになっていた。でないと隠れてコンビニじゅうの食べ物を片っ端から買い漁《あさ》っては食べ、そして吐く、それを繰り返してしまうからだ。

とはいえそこはかなりの山奥だったから、近所にコンビニはおろか個人商店の一軒すらないのだが、歩いて三十分以上はかかろうかという野道を数人の若者が嬉しそうに歩いて買い出しに行く姿を幾度か見かけた。

ちょっと見はなんの変哲もない光景なのだが、これもまた大事な回復過程のひとつなのである。

ふつうに買い物をして普通に食べる。それができるようになるのが立派な回復なのだ。

ここでは生活のすべてが治療に繋がっていた。暮らしながら、自分たちで自分を治していくようなそんな治療法だった。

それはわたしの知る精神科病院や、かつて母を入院させた大学病院の閉鎖病棟とは根本的に違う性質の施設だった。

あのときは鍵つきの狭い部屋に閉じ込めて、外界との関わりをシャットアウトするだけの治療だった。いま思えば治療とは言えないようなお粗末な内容だ。あれで病気が治るわけがない。

その点、ここはどうだ？　病人とはいえ、それぞれが仲間と協力し合い、時には親しげに時には楽しそうに入院生活を送っているじゃないか。

そんな光景を目にするごとに、多くの悩める患者と家族が、こんな山奥まで助けを求めて集まってくる理由が見えてくるのだった。


家族ミーティングの様子を少し説明してみよう。

たいてい十人前後のメンバーが円になって座る。カウンセラーがひとり、司会役として入る。医師は同席しない。

メンバーは全員、なんらかの薬物依存症患者の家族だ。ほかの曜日、時間にはアルコールやギャンブル依存症、摂食障害の家族ミーティングも行われていたみたいだが、わたしたちは自分に関連するものにだけ参加する決まりになっていた。

この〝同じ悩みを持つ者同士の集まり〟というのが大事なポイントだ。なぜなら依存症の治療は共感度がとても重要視される世界だから。

よって、当事者は当事者の、家族は家族向けの、それぞれ別のミーティングに出るのが原則だった。

もしも本人と家族の両者が一堂に会してミーティングをしたならば、共感どころじゃない意見が衝突して罵倒大会になってしまうだろう。お互いに愛憎がもつれまくって心情が百八十度ずれているのが、依存症ならではの特徴なのだから。

同様に、家族ミーティングには家族以外の参加も許されていなかった。たとえば仲のよい友達が希望しても参加はできない。

これにはちゃんとした理由がある。

冷たいようだが、単なる友情や愛情だけでは太刀打ちできないのが依存症との闘いだ。

「愛の力で更生させてみせる！」

などと力んでも、空回りするだけ。愛で治せるものなら、とっくの昔にみんな治っている。だから生半可な同情心で介入した者は、きっと途中で投げ出したくなるだろう。そうなれば投げ出された当事者は、裏切られた思いでどん底に落ち込む。もとから他人を信用できずに孤立しがちな特性を持つ依存症患者にとって、この裏切りは回復の大きな妨げになってしまうのだ。

だから家族という切りたくても切れない絆で繋がった者だけが、家族ミーティングに入ることができるのだ。それだけ長丁場で、墓場まで連れ添うくらいの覚悟がなければ、深くは関わるべきじゃない、わたしもそう思う。

参加家族の環境はさまざまだった。息子が覚醒剤とギャンブルで破産寸前という初老の両親、十代の娘が市販薬依存と解離性障害を発症している母親、薬物に侵された夫から暴力を振るわれて逃げてきたという女性もいた。

ここへ来るまでのわたしは、我が家の抱える問題は世間ではあり得ないくらい非凡で不幸なものだと思っていた。

「こんなひどい家庭はうちだけだ、なんでわたしだけがこんな思いをしなきゃいけないの？」

と憤っていた。

でも、ここでのミーティングで出会った人々の話を聞くたびに、それはとんでもない勘違いだったかもしれないと思うようになった。

苦しいのはうちだけではない、同じような思いをしている家族がこんなにもたくさんいたんだ。

もっと言えば、わたしはまだましなほうかも？とすら感じた。だってわたしの場合は当事者が母親だ。

わたしの母親はこのときすでに六十代。依存を続けるにも年数に限界がある。注射ひとつ打つにも、自分の体の自由が利かなくなれば物理的に不可能になるだろう。それはつまり、ひたすら耐え忍んでいれば寿命が来てすべてが終わるのも時間の問題なのだ。

嫌な言い方だが、依存症は死ねば終わる病気だ（言い換えれば死ぬまで終わらない、ということにもなるのだが……）。

だから、娘や息子に問題を持つ親のほうが何倍もつらいのではないか？　依存症の子供を持つ両親の話を聞いていると、そのいつ終わるでもない悩みの深さに同情を禁じ得なかった。

親たちは生ある限り悩み続け、自分の子育てを責める。そしてその子を残して死ぬに死にきれない思いと日々闘っているのだ。

（みんな、それぞれにもがいているんだ）

こんなふうに、自分以外の人たちの立場を俯瞰《ふかん》することを覚えたのも、この入院で得た大きな収穫のひとつだった。

この数日間の経験が、わたしのなかに大きな革命をもたらしたことは間違いない。

つらいのはわたしだけじゃない

「わたしの母は処方薬の注射の依存症です。わたしが中学生くらいのときから始まっていました。いままでに何度も精神科や知り合いの病院に入院をさせましたが、まったくよくなりませんでした。いまでは日に四、五本は打っているはずです。もうシラフの時間はありません。感情の乱れも激しくて、言うこともかなりおかしくなっています。たぶん幻聴みたいなものもあると思います。本人は自分が変だとは自覚していません。もう家族だけではどうしようもなくて、今回は思いきって父とふたりでここにやってきました。どうぞよろしくお願いします」

わたしは最初のミーティングでそんなあいさつをしたと記憶している。参加者の誰もがうんうんと頷いてこちらに優しい視線を送ってくれていた。非難するひとは誰もいない。

このとき、カウンセラーの先生が、

「中学生時代から? それはずいぶんと長く苦労されたことね。それにしてもあなた、よくちゃんと育ったわねぇ」

とニコニコと微笑みかけてくれたのがすごく印象的だった。

依存症の親を持つ子供は機能不全家族の一員として成長を余儀なくされるので、自らもまた問題を生じることがある。

たとえば、親と同様の依存症に罹《かか》るとか、非行に走るとか、自傷がひどくなるとか。いわゆる〈アダルトチルドレン＝ＡＣ〉と呼ばれる状態だ。

たしかにわたしは幼少期にひどい自傷があった。爪嚙み、抜毛症、チックについては以前に書いたとおりだ。

たまたまわたしの場合はどれも治まり、社会的な問題に発展するような弊害もなく、なんとか無事に成人した。おまけに健康で犯罪にも関わることなく、かつ世間に通用する医師という職にもつけた。

「じつは、ふつうに社会性を持って成長すること自体が奇跡に近いのよ」

と、カウンセラーの先生は教えてくれた。

「あなた、よく頑張ったわね。支えてくれたお父さんのおかげかもしれないわね」

そう褒められて、すごく嬉しいような恥ずかしいような気分になった。わたしは褒められることに慣れていなかったから、どう応えていいのかよくわからなかったけれど。

おそらく父もこのやりとりを聞きながら少し微笑んでいたと思う。

「つらいのは自分だけじゃないんだ。こんなにも同じ気持ちのひとたちがいたんだ」

この事実に気づくことができたのが、赤城高原ホスピタルに入院をした最も大きな収穫だった。

依存症家庭はたいてい世間にその事実を隠し平静を装って、どこかよそよそしく孤立している。わたし自身、学生時代の友人でも母の問題を打ち明けられたのはたった数人に過ぎない。

父にしても、医師仲間にはなかなか相談できなかったと思う。

何度も言うように、当時の医師ほど依存症に無関心で偏見を持っている人たちはいなかったから。たとえ勇気を振り絞って相談を持ちかけたところで、まともな助言が返ってくるとは思えなかった。

そうするうちにわたしたちみたいな依存症家族は、

「どうせ誰にもわかってもらえやしないから」

と諦めて、問題に蓋《ふた》をする暮らしかたを身につけてしまうのだ。

だから、初めて家族ミーティングに参加して、ほかの家族の話を聞いたときには、まるで生まれて初めて〝仲間〟に出会えたみたいな感覚に心が震えた。自分の気持ちをわかってくれるひとがそこにいると思うだけでとても嬉しくなった。

「仲間がいるって、こんなにも心強いものなのか……」

何をしてくれるわけじゃない。こちらもなにもできない。でも話を聞いているだけで、まるで自分の内面を代弁してくれているみたいに、心のつかえがどんどん取れていくのだった。胸のどこかがほんわかと温まっていく感じ。

だから毎日午前午後と繰り返されるミーティングは、まったく苦でなかった。それどころか愉《たの》しみにすら感じた。

わたしは毎日、みんなの話を食い入るように聞き続けた。

この実体験があるからこそいまでも、わたしは依存症家族からの相談を受けたときには家族ミーティングに参加することを強く勧めている。

依存症という病はたやすく治せるものではないけれど、家族の心の持ちかたは変えることができるからだ。

そしてなにより、依存症は患者よりも家族のほうが先に苦しむ病だということをわたしは身をもって知っている。

当の本人は病識がなくずるずると依存にのめり込む。そのかたわらで、家族だけが絶望的に気を病む姿をたくさん見てきた。

こうした家族を助けられるのは特別なカウンセラーでも高名な医師でもない、ほかならぬ同じ立場の人間だけなのだ。

「つらいのはわたしだけじゃない」

こう思える仲間を持つことなのだ。

イネイブラーはもうやめる

イネイブラー。

この言葉の持つ意味を知ったのも竹村先生の指導のおかげだ。日本語にすると支え手のこと。依存症患者のそばにはほぼ必ず、このイネイブラーがいる。つまりは依存を続けるための手助けをしている人物が存在するのだ。

これはどういうことか？　イメージが湧かないかもしれないので、アルコール依存を例に取って考えてみよう。

酒乱の夫に、

「酒買ってこい！」

と怒鳴られ殴られ、震えて泣きながら深夜のコンビニまで酒を買いに走る妻がいるとする。彼女は誰が見てもかわいそうな被害者だ、間違いない。

だが同時に、酒を買って与えてしまい、依存に加担しているのも事実でしょう？　だから結果的に彼の飲酒を支えてしまっているわけで、つまりこれがイネイブラーなのである。

泥酔夫がひどい二日酔いのため会社に行けないとわがままを言ったとき、しかたがないのでかわりに、

「急病なので休ませてくださいませんか？」

と、職場に電話を入れてやる行為もまたイネイブリング。尻拭いをしてやることで、本人は酒をやめる必要がなくなってしまう。

家族内に限った話ではない。酒浸りで借金まみれの友人から、

「金を貸してくれないか？　後生だから頼むよ、友達だろう？」

と無心され、

「しょうがないな、今回だけだよ」

と渋々飲み代を立て替えてやる。これだって立派な支え手に変わりないのである。

要するに、支え手がいてこそ依存は続けられるという仕組みだ。

困ったことに彼らイネイブラーには悪意がない。言い換えれば善意の愛ある関係者ほど、知らず知らずに当事者を泥の沼に押し沈めていく可能性がある。

優しいひとほど依存症の手助けをしてしまうなんてね……現実は本当に皮肉なものだ。

依存症を考えるうえで最も問題なのは、悪意のある他人よりもこうした優しい支え手なのかもしれない。

我が家の場合だってそうだ。口では、

「注射はいけない、やめなくちゃダメだ」

と言いながら、何年も薬を渡してきた支え手はほかでもない、誰よりも母を愛していた父だったのだから。


ちょっと待てよ、だったらわたしはどうなんだ?

父をイネイブラーだとするのなら、自分はなにをしていたのかを振り返ってみる。

わたしはいつも厳しく彼女をとがめ、時には力ずくで注射器を奪おうと取っ組み合いになった。それも一度や二度ではない。

そのせいで彼女は露骨にわたしを避けるようになり、会うたびに憎悪の表情で、

「帰れ、二度と来るな。死ね」

とまで言うほどに母娘関係は破綻した。

これらはいまにして思えば当然の成り行きだったのだと思う。

なぜなら、たしなめるほど、取り上げるほど、依存症は悪化するものだから。この真実も依存症を学ぶうちに初めて理解できた。

この理由についてはあとで詳しく述べるが、アルコール依存患者の多くは、専門外来のアン

ケート集計によれば、

「家族に反対されればされるほどそれがストレスになってイライラし、よけいに飲みたくなった」

と答えている。

「あなた、お願いだからこれ以上は飲まないで。もうお酒はやめて！」

そうたしなめたり酒瓶を隠したり奪い取ったりすると、依存はよけいに悪化するものなのだ。たくさんの情報と知識を得たいまでこそ、こうした理論も知り得たわたしだが、当時は無知のあまり、

「なんとかしてやめさせなくちゃ！」

という意気込みが空回りして、彼女から薬を奪い取ることだけに執着していた。それがすべて逆効果になるとは露ほども知らずに……。

そう、このようにわたしたち父娘こそが母の薬物依存にとって、紛れもなく完璧なイネイブラーだったのだ。

わたしにとっては、そのことを強くたしかに思い知った入院生活だった。

父娘の死刑宣告

　こうしてわたしたち依存症家族の父娘は、赤城高原ホスピタルでたくさんの知識と心の持ちようを教えてもらい、東京へと帰ることになった。

　行きの列車内でのあのピリピリと張り詰めていまにもぶち切れてしまいそうだった気持ちが嘘のように、帰路の車窓から見えた田園風景は心から美しい色だと感じられた。間違いなくわたしの内側ではなにかが変わっていた。

　かたや置き去りにされた母のほうは時が止まったままだ。ある日突然すべてを放り出して夫と娘が姿を消してしまったのだから、心中穏やかであったはずはない。

　そして突如、そのふたりが前触れもなくひょっこり帰ってきたわけだから、なにがどうなっているのか？　どういうつもりなのか？　怒り心頭に発する思いで問い詰めたかったに違いない。

　しかし母は恐ろしいくらいに、そのことに触れようとはしなかった。なにも言わずに淡々と食事をして、寝て起きて……これを繰り返していた。

きっと彼女なりにわたしたちの切羽詰まった状態を察していたのだろう。彼女自身、自らの問題を本当は誰よりも気にしていたはずだから。

むやみにそれを突っつくとすべてを失うような恐怖感があったのだと思う。だからそうならないように、ひっそりと息をひそめてやり過ごそうとしていたのだろう。

彼女の勘はたしかに外れてはいなかった。

事実、父とわたしの間では、最悪の場合は彼女と縁を切るくらいの決意で彼女の病と向き合う覚悟でいたのだ。

帰京後、まずわたしたちが取りかかったのは、母へのイネイブリングをやめることだった。

「言葉と行動は必ず一致させなくてはいけません」

竹村先生の教えのひとつ。

「ダメだダメだ、やめるんだ」

と口では言いながら、その一方で依存物を与え続けるようなちぐはぐな行動は改めなければいけない。まずはここからだ。

第一のアクションは、オピオイドの仕入れをストップすることだった。竹村先生と相談のうえ、そうすることに決めた。

手元に薬がなければ、手渡すこともない。

ほら、覚醒剤中毒者がよく言うじゃないか、

「本当にやめさせたけりゃ、まずは売ってるほうを取り締まれ！　売ってるやつがいるから自分らはやってしまうんだよ！」。

これと同じような理屈だ。手に入らなければやりたくてもできない。

理想を言えば、覚醒剤が目の前にあろうとオピオイドが転がっていようと、使わないでいられるのがベストである。

「目の前にあったって欲しくないよ、使わないでいられるよ」

と思えれば、そりゃあ完璧。だが、なかなかそううまくはいかない。

いまでこそ、依存症治療の主流となっているハームリダクションアプローチのように〝問題にならない程度にゆるやかに使用を続けながら社会性を取り戻させていく〟というやりかたもある（詳しくは後にお話しする）。

しかし当時、そんな発想は皆無だった。

医者も家族もカウンセラーもみんな、黒か白か？　ゼロか百か？　みたいな極端なやりかたにとらわれていた。

実際、母のように年季が入ってすっかり仕上がってしまった薬物依存症に対しては、ゆるや

かな理想論など通用するレベルではなかったし、対象となるものの供給をストップするような荒っぽいやりかた以外に名案は浮かばなかった。

結局、父は医薬品卸からの関係薬剤の仕入れを一切中止した。

オピオイドは劇薬だが、本来ならば患者さんの治療に使用する大事な薬剤でもある。これなしには治療が立ち行かないケースだってままある。事実、この薬を仕入れられないがために治療を断らねばならない患者さんもいた。

父は、仲間のドクターに理由を説明して患者さんを紹介し、治療を引きついでもらうなど努力したものの、医者として自分の患者の治療を中途半端な状態で引き渡さねばならなかったのは、身を切られるようなつらさだったに違いない。


「もううちでは注射は手に入らないんだよ」

母には、父からその決定を伝えた。

我が家にとって、それはとてもデリケートな内容なので、父ひとりに負わせるのは心苦しかったが、わたしとだと母はすぐに感情的になってしまうので、父のほうが適任に思えたからだ。

「だから金輪際、いままでのように注射を打つことはできないんだ」

依存症者にとっては死刑宣告のようなひと言だ。

これはけっして大げさなたとえではない。かなり前に、わたしは母に面と向かって尋ねたことがある。

「パパが医院をやっている間は薬は手に入るだろうけど、もしもパパが死んだらどうするつもり？　わたしはパパと同じように薬を渡し続ける気はないよ」

完全に関係が決裂する前の、まだわずかにでも会話が成り立っていた頃の話である。このとき彼女は諦めたようなため息とともに、

「そのときは……死にゃいいさ」

と、力なく笑った。

これは冗談ではなかった、彼女の本心だ。

薬をやめるくらいなら死んだほうがましだ、というくらいまで依存は彼女を蝕《むしば》んでいたのだ。

ここまでどっぷりと薬物に漬かっていた母にとって、この突然の死刑宣告は受け入れ難いものだったろう。

「パパと史絵はどうしてそこまでいじわるをするの?!」

と暴れだしたいくらいの憤りだったに違いない。

しかしながら実際には、思いのほか冷静に聞いていたという。

父とわたしが突然しばらく姿を消したあたりから、自分でもなにかの心の準備を始めていた

のかもしれない。

だから宣告を聞いたときも、これといった動揺や興奮はなく、

「ふうん、そう」

とひと言発しただけだったと。そのまま自室に入り、しばらくは音も立てずにこもりっきりになった。

狼狽《ろうばい》ぶりを悟られないように、ポーカーフェイスを装っていたような気もする。いつだって、

「感情をあらわにするのはみっともないことだ。わたしは常にクールなんだよ」

と格好つけたがりな一面があったから、内面の乱れをわたしたちに知られたくはなかったのだと思う。

わたしと父の空白の数日間について、あとにも先にもなにひとつ尋ねることをしなかったのもその表れだろう。

本当は知りたくないはずがないのに。

まるで、

「わたしは興味なんてないのよ、あんたたちがなにを企もうと平気なんだからね」

とでも言いたげに、空々しいほどその話題を避けた。そして生涯一度も彼女の口から詳しい事情を問う言葉が出ることはなかった。

命がけの大勝負

死刑宣告のあとしばらくの間、父の話によると母は死んだように眠り続けた。

元覚醒剤依存のサバイバー、ＤＡＲＣの近藤さんにうかがったところ、

「薬が切れているときの一分はね、まるで一カ月にも感じられるくらい途方もなく長く感じるものなんだよ。苦しくてつらい地獄がいつまでもいつまでも続く、そんな気分なんだ」

そういうものらしい。

喫煙者がタバコを吸えなくてイライラするあの感じを何百倍にも膨らませたような不快感とでも言おうか。

いや、そんな生易しい感覚じゃないんだろう、我々が味わうことのない質の苦痛がそこにはあるに違いない。

母が外界との接触を断ち眠り込んでいたのも、そのつらい現実から逃避するひとつの手段だったと思う。少なくとも眠っている間だけは、薬が枯渇する恐怖を一瞬でも忘れられるのだから。

寝たり起きたりを繰り返しながら、その後も彼女の口から注射に関する言葉は一度たりとも出てこなかった。あえてそうすることで母は母なりのやりかたで、薬を切望する思いを断ち切ろうと闘っていたのだろう。

依存症専門医師の竹村先生との取り決めは、オピオイドを与えるのをやめることのほかに、もうひとつあった。それは、

「今後一切の医療行為を家族間では行わないこと」

これはすごく簡単なことのようで、わたしたちドクター家族には酷な命令だった。

つまり、こういうことだ。仮に彼女が本当に病気になろうと苦しもうと、家族が治療にタッチしてはいけないと。

「依存症患者に対する医療行為は、家族以外の冷静な第三者が行ったほうがいい」

という考えに基づき、医療が必要な際はしかるべき医師に依頼してすべての治療を委ねろと言うのである。

しかし父もわたしも医師である。目前に病人が苦痛を訴えているのならば、すぐさま手を施したいと思ってしまう。それを禁じられるのは、言葉にし難いジレンマだった。

だが、考えてみればそもそもは父が医師で、自宅に注射があったからこそ薬物依存が始まっ

たのだ。一般家庭ならば、そんな注射なんか知らずに済んだかもしれないのに。

わたしたち父娘は、〝母の痛みを取るため〟という大義のために、誤った方向へと舵《かじ》を切り続けてしまった。その結果がこの悲劇を生んだ。

父もわたしも、こと母に関しては冷静に正しい治療を行う術をとうに見失っていた。竹村先生の指示は、そうしたこともすべて踏まえたうえでのことだった。

「本当に痛いのなら注射を使うのもやむを得ない、そう考えるかもしれないけれどね。本当の痛みと嘘の痛みの判断なんて誰にもつかないでしょう？　どこかにはっきりとした線が引かれるわけじゃないですからね。ならば適当なことをするよりもきっぱりと手を引いたほうが、お母さんだって諦めがつく。結局はそのほうが良い結果に繋がりますよ」

その言葉を信じることにした。

竹村先生の話では、麻薬や鎮痛剤依存の患者は薬が切れたときに幻の痛みが体内で湧き起こるという。俗に噂されるような、暴れたり幻視を見たりといった禁断症状なんてものはないのだが、本来はないはずの理由のつかない痛みが生じることはある。言ってみればこれが禁断症状の幻覚のひとつみたいなものだ。

これを真の痛みと取るか偽の痛みと取るかは考え方によるだろう。本人にとっては耐え難い痛みをたしかに感じているわけで、

「嘘じゃない！　本当に痛いんだよ！」

と言うだろう。そうやって考え始めると、そもそも痛みという主観的な感覚に真偽の区別があるのかどうかすらわからなくなる。


結局わたしたちは、断腸の思いで彼女をほかの医師に通わせた。持病の喘息《ぜんそく》の発作も時として起こしたが、そんな場合でも呼吸器救急外来の受診の段取りを手伝うことはしても、自らが治療に手を貸すことはしなかった。

転んで腕の骨を折ったときもそうした。

当時の我が家のこの状況は、知らぬひとからはさぞや理解不能なものだったろう。

「ご主人も娘さんもお医者さんのはずでしょう？　奥さんが発作を起こしてるのに、いったいどうして放っておくんでしょうね？　冷たいわね」

そんな陰口を叩くひともいたが、わたしたちは耳を塞ぎ、一旦決めたスタンスを変えることはなかった。

ひとたび持病の喘息発作などを起こせば、それはともすれば母の命を失いかねない事態だ。だが、それさえもすべては運命と腹をくくった。

まさに我が家は家族みんなが命がけの大勝負に臨もうとしていた。

娘は悪魔

母と薬物を切り離す作戦を続ける間、父とはなるべく密に連絡を取るようにした。父はこのときすでに七十歳を過ぎていたが、携帯電話を持たせて簡単なメールも使えるように教えた。

高原での入院生活以来、目に見えて父との絆は固くなっていた。共通の悩みと目的を持つ者同士、親子を超えた強い仲間意識が根付いていた。

わたしと父はかねてから仲がよかったほうだと思う。思い出をたどれば、冬の寒い日に一緒にマラドーナのサッカーの試合を観戦しに行ったこともあるし、伊勢神宮の大木をふたり並んで見上げた記憶もある。

なによりわたしは父のことが大好きだったし、さまざまな不都合のあった家庭でもなんとか成長できたのは、すべて父の愛情のおかげだと思っている。

そんな間柄でも、大人になるとなかなかふたりきりの時間を持つことは難しいものだ。わたしが医師になり結婚して家を出てからは、ますます話す時間も取れなくなっていた。

いま思えば、あの赤城高原の入院があったからこそ、晩年の父と距離を縮めることができた。母の問題がなかったらそうはならなかったのだから、人間万事、塞翁《さいおう》が馬。

人生はなんとも予測不能なものである。

父や家政婦さんから得た情報によれば、寝てばかりの時期を過ぎると今度はやたらと外出の頻度が増えたとのことだった。

行き先は薬局や少し離れたクリニックだ。

わたしたちが紹介したドクターではなく、見ず知らずの整形外科などをアポなしで訪ねては痛みを訴えていた。あわよくば鎮痛剤を打ってもらおうと考えたようだ。

しかしながら、どこのドクターも飛び込みでやってきた初診の中高年女性患者に対して、麻薬に準ずる注射など打つはずはない。一般的に考えて、ちゃんとした検査もせずに患者の言いなりにそんな強烈な注射を打つ非常識な医療機関なんて、まずないのである。

それに彼女の行動範囲内の医院や病院では、よくも悪くも父とわたしの名前は知れ渡っていたので、

「あぁ、あそこの医院の奥様ですね、たしかお嬢さんもドクターでテレビに出てますよね」

と、すぐさま素性がバレた。

こうなると体裁を気にする彼女のこと、いきなりバツが悪くなってそそくさと退散するしかなくなる。どこへ行ってもこの繰り返しで、彼女の思うように薬は手に入らなかった。注射をしてくれる医師がいないと悟ると、今度は薬局を渡り歩くようになった。市販薬の鎮痛剤を片っ端から買い漁り、手あたり次第に試し飲みしたようだ。なりふりかまわず、もうどんな薬にでも手を出したい気分だったのだろう。家のそこいらじゅうに飲みかけの薬のシートがいくつも散乱することが続いた。

けれどどれを飲んでも満足いかなかったと見え、どれも一錠二錠だけ飲んで、あとは手つかずのまま放置されていた。

そりゃあそうだろう。オピオイドほどの効果を示す薬剤は世の中にほとんどない。薬局で誰もが自由に買える薬品では、使用感もなにもまったく比較にならなかったはずだ。彼女の欲求を満足させる手段は、街じゅうどこにもなかった。

この間、わたしは直接母と話をする機会はほとんど持たなかった。すでにそんな関係ではなくなっていたし、無理に近づいて感情の大爆発を誘発するのも怖かった。

わたし自身、本音を言えば彼女と関わらずに過ごせる日々は、心の安住でもあった。ここまで来る途中にはすっかり情熱も尽き果てて、正直なところ、

（死んでほしい）

くらいに思ったこともある。

薬物で脳がやられ虚言と問題行動ばかりだったこと、父に手を上げわたしを罵倒する日々、それらを終わらせるには、母が死ぬ以外に手段はないとまで思い詰めていたのは事実だ。

こんなことを言うと、

「たったひとりの母娘なんだから、そんなにひどく言うもんじゃないわ」

そうたしなめるひともいる。たしかに、一般論としてはおっしゃるとおりだ。なにも知らない平和な家庭のひとにはそう見えるだろう。

でもわたしの知る限り、依存症家族のほとんどが例外なく、「死んでくれたらどんなに楽になることか……」と考えたことが一度はあると言う。

依存症家庭はどこもそれくらいに異常な関係性で繋がっているのである。


母の側にだって言い分はあったんだと思う。

そう、わたしを愛したくなくなる理由は山ほどあった。

依存について、初期の頃からわたしはガミガミうるさく言いすぎてしまったし、無理やり奪い取ろうともした。それがまったく逆効果になるとも知らず。

母はその都度、心底疎ましいと思っていたはずだ。一番触れられたくない部分をえぐられるような不快感だったはずだ。

だからこそ、

「おまえなんかいなくなればいい、早く死ね！」

などという過激な言葉が口をつくようになってしまったのだろう。

かと思えば、医師になってからは仕事が多忙なのを言い訳に、急に実家を顧みなくなった。結婚してからはなお拍車がかかり、露骨に関わりを避けるかのごとく、存在を消した。

これでは母がわたしに見捨てられたと感じても不思議はない。実際そうでなかったとも言い切れない。

間に立つ父には、

「お正月くらいはうちに顔を出したらどうだ？」

と言われたが、まったく足が動かなかった。

自宅のドアを見るだけで動悸《どうき》がし、吐き気を催した。玄関に足を踏み入れるには相当な覚悟を要した。

そうこうするうちに実家とはどんどん疎遠になった。わたしにとっては、母の存在を頭のなかから消していられれば、それが一番平和だったのだ。

極めつきは赤城高原に父を連れ出したことだ。あの一連の行動により、彼女のたったひとりのよりどころだった父をこちら側に引きずり込んでしまった。いびつながらも薬物に依存しながらなんとか生を得ていた状態をぶち壊されたのだから、それはもう言葉にできないほど許し難かったに違いない。

なにせ彼女のたったひとつの望みは、

「ただ一生、薬を使い続けられること」

と言っても過言ではなかった。それを木《こ》っ端《ぱ》微《み》塵《じん》に打ち砕いた悪魔の正体は、実の娘のわたしだったのだ。

（こんなことなら娘なんか産むんじゃなかった）

とも思ったろう。

（産むんじゃなかった）と悔やむ母と、

（いっそ死んでくれ）と願う娘。

こんな関係でしか生きられなかったことは、わたしにとってはいまなお後悔でしかない。

戦友・父の死

赤城への逃走入院から帰京後、さほど時間が経たないうちに父は病に倒れた。数十年間持病として抱えていた輸血後慢性肝炎が、急に悪化して脳症を起こしたのだ。意識が混濁して救急車で運ばれた。

振り返ればその予兆はあった。竹村先生の外苑の診療所に通うわずか数十分の地下鉄の移動中もすぐにうとうとと居眠りをしていたし、足元がふらつくことも増えていた。かなりしんどかっただろうに、それを押して家族ミーティングや外来に足しげく通ったのだ。あとから見たら、当時の彼の書いたカルテは字が斜めに曲がっていて、肝硬変独特の肝性脳症が起きていたことが見て取れる。

わたしも医者のひとりとして、父のそんな変調に気づいてあげられなかったことはいまでも悔やまれる。

それくらい頭のなかは母の問題に占拠されていたということだろう。あの頃のわたしは、いや我が家は、本当に狂っていた。

その後、父は短期間のうちに数回の入退院を繰り返した。そして肝炎から肝臓がん、そこから肝不全を引き起こした。

いまにして思えば、肝臓がウイルスに侵されていくなかで残る力を振り絞って母の依存症と闘ってくれたのだ。

当時父が使っていた手帳には、細かい文字で家族会で得た知識がびっしりとまとめられている。

そうやって真剣に依存症について学び理解し、正面から向き合う強い気持ちを持ってくれたおかげで母を薬物から遠ざけることができた。

この人生の集大成とも言うべき大仕事をなし得た彼の生きかたには頭が下がる。

父という戦友の存在なくして、わたしはあそこまで闘いきれなかったのは間違いない。

そんな父が病に倒れ、日に日に衰弱していくのを見ているのはつらかった。わたし自身、医者としてできる限りの治療法を模索したが、肝硬変と肝臓がんという大敵の前ではあまりにも無力だった。

薬物を取り上げたことをきっかけに、母の父への態度はどんどん冷淡になっていて、

「薬も持ってこられないような医者は、なんの役にも立たないじゃないの」

とでも言いたげに、まるで年老いた病気の厄介者のような扱いをすることさえあった。それに反論する力もなく、ただ黙って耐えている父の姿を見ているのもきつかった。

入院治療の甲斐もなく、父の病状は悪化するばかりだった。生死を彷徨《さまよ》う闘病生活をしているその頃、母は新たな依存対象を見つけていた。

それはテレビショッピングというやつだ。

当時、通販チャンネルなるものが流行り始め、一日中番組を放送していた。番組では司会者が女性好みの品を声高にアピールして購買意欲をあおっていた。

あのテンションが、ちょっと退屈な中高年層の女性にはドンピシャだったと見え、服から家電から化粧品まで飛ぶように売れていた。

母もその上顧客のひとりだった。それまで注射器を握っていた手にはテレビのリモコンと電話の子機が持ち替えられ、ひっきりなしになにかを注文していた。

まるで父の衰えていく現実から目を逸らすかのごとく、食い入るように番組に見入った。買うものに一貫性や意味はなかった。ただそのときに目についたものを片っ端から買いまくるのみ。それが必要か？　使えるか？などはおかまいなしだった。

その調子で買うものだから、日にいくつもの段ボール箱が届いた。宅配便のおにいさんもすっかり顔なじみだ。そのたびにウキウキと荷物を受け取るのだが、実際に箱を開けるのは半分くらいがいいところ。残りの半分は手つかずのまま無造作に納戸に放り込まれておしまい。じつはこれは買い物依存症患者に共通する特徴だ。実際には、買ったものを使いたいわけではない。もっと言えば、買うところまでの高揚感が本番で、注文し終えてしまうとなにを買ったかさえも忘れてしまうしまつ。それが届けられる頃には購入の事実すら忘却の彼方なのである。

だから〈買い物依存症〉＝買うという行為そのものへの依存なわけだ。

日々運び込まれる段ボール箱の数々に、納戸はすぐさま満杯になった。我が家はもので溢れる落ち着かない倉庫状態と化していた。家政婦さんが一生懸命片付けてくれなかったなら、あっという間にテレビでよく見るゴミ屋敷みたいになっていたに違いない。

依存症において、対象物が取って代わることはよく知られている。

アルコールを取り上げると暴力が始まったり、ギャンブルを止めるとＳＥＸに走ったり、もぐら叩きのようにあっちが引っ込めばこっちが頭を出す仕組みだ。

そして時には、いくつもが同時に顔を出すこともある。

母の場合は注射薬を無理やり断ったら、そのかわりに買い物依存が目を覚ましたということ。

依存そのものはまったく治ってはいなかったのである。

以前からストレスで服などを衝動買いするひとではあった。そこにちょうどテレビの通販ブームが起爆剤となってしまった。テレビ通販ならば家にいながらにしてできるので、高齢者がのめり込みやすい。

おまけに、電話注文すればコールセンターの担当者たちは上顧客に対してたいそう丁寧な扱いをしてくれる。

「いつも本当にありがとうございます、◯◯様」

と持ち上げられるわけだから、そりゃあ気分だってよくなる。

それになんと言ったって、そもそも買い物は犯罪ではない。薬のように家族から責められることもない。

とにかく、彼女にはいろいろと都合がよかったのだ。

父が入院のたびに痩せ衰え、ふつうの食事も取れなくなるにつれ、母は見舞いに行こうとしなくなった。

訪ねてくる親戚の手前もあって、たまに病室に顔を出しても長居はせずに、父がうとうととした隙を見計らっては逃げるように帰ってしまった。

ほかの部屋では面会の家族が消灯時間ぎりぎりまで名残惜しそうにそばに寄り添うことが多いなかで、なぜ彼女があそこまでつれない態度を取れたのか、わたしには理解できない。

父に対する愛情がなかったのかもしれないし、そもそも愛という感情を持ち合わせていない人間だったのかもしれない。

回復の見込みもない死にゆく病人の世話など、面倒くさいだけだと思っていたのだろうか？　もしかしたらその逆で、衰えていく父を見続けるのが怖かったのかもしれない。それくらい父にも依存していた可能性もある。もとより都合の悪いことからは目を逸らして逃げる傾向の強いひとではあった。

いずれにせよ、一分一秒でも長く息をしていてもらいたいと願うほど父が大好きだったわたしにとっては、母の非道な行動はどんな理由があろうとも許し難いものだった。

いよいよ命のカウントダウンが始まったと担当医から説明を受けた日、せめて今日くらいは父の枕元で過ごそうと家族全員で決めた。わたしの夫も仕事を切り上げて付き添ってくれた。

にもかかわらず、いよいよという段になると母は急に、

「わたしは帰る。家に帰る！」

と言いだして聞かない。わたしや夫がなだめても手に負えず、見かねた担当医が説得に口添えしてくれた。

「奥さん、あなたが最期を見てあげなくて誰が看取るんですか？」

その問いかけに対しても、

「あなたが看取ればいいでしょ！　医者なんだからそれが仕事でしょう？」

とわけのわからない屁理屈をわめき散らした。これには病棟じゅうの誰もが呆《あき》れてものが言えなかった。

こんなやりとりの連続で、わたしは彼女にこれ以上ない怒りを覚えるようになっていた。


途切れがちな意識のなかで、父はときどき母の名前を呼んで姿を捜した。

だが、そんなときでも彼女は自宅のベッドの上で一心不乱にテレビショッピングに電話をかけ続けていた。我が夫の手を握るかわりに受話器を握りしめていた。

そして彼が息を引き取る頃には、自宅には毎日夥《おびただ》しい数の段ボール箱が届けられていた。

置き場所がなくなると、入院中で不在の父の部屋にまで荷物は運び込まれた。

（どうせもう戻ってこない人の部屋なんだからかまやしないでしょ）

そんなふうに言われているようでわたしは絶望的な気分になった。

その段ボールの山が床を埋め尽くす頃に、父は絶命した。

七十六歳の冬だった。

死に際、父は意識のないなかで一筋の涙を流した。肝硬変の黄疸《おうだん》で真っ黄色に染まった涙だった。

顔を歪めて大きく息を吐き、はっきりと表情でなにかを訴えようとした。

そこには別れの寂しさや思い残したことへの無念、ひと言では言い尽くせないくらいのたくさんの感情が詰まっていた。

でも、母にその思いが届くことはなかった。

良い娘をもって幸せでした

父が亡くなって十五年以上が経ついまでも、ときどき記憶からプレイバックされるシーンがある。

たとえばそれは、ちょうどふたりで赤城に行った頃のことだったろうか。父が、

「パパの悩みはたったひとつ、ママの注射のことだけだよ。ほかにはなんにも人生に不満なんてない」

と寂し気に語った表情だ。

普段はバリバリの仕事人間で、なによりも医師の仕事を愛していたから、力強く働く姿が印象的なひとだった。弱音なんかを吐くのを見たことは、ただの一度もなかった。

それだけに、こうした言葉を聞くと隠されていた儚《はかな》い部分を知ってしまったようで、胸が痛んだ。

父の人生はけっして順風満帆ではなかったはずだ。幼少期に母親を乳がんで亡くし、故郷の広島では戦争で家も財産も兄弟も失った。

そんな経験を乗り越えて、コネも金もないところから医師になり、必死で生きてきた男だ。わたしなどには想像もつかないくらいの苦労やつまずきの多い道のりだったろう。結婚・離婚も経験し、わたしというわがままなバカ娘を医師にするまで育て上げたのもある種の功績だと思う。

それらをしてなお、

「たったひとつの悩みだ」

と言わしめてしまうほどの家族の依存症問題。これがどれだけひとを苦しめるものなのかを物語っているようじゃないか。

おそらく最後になるだろうと思われた、父の誕生日の出来事も鮮明な記憶のひとつ。九月の晴れた日、わたしは仕事先から闘病中の父にお祝いのメールを送った。

「難しいことや悪いことを考えるのはもうやめましょう。楽な気分で長生きしましょう」

そう書いた。先は長くないと知りつつも。

これまでにさせた苦労から解放してあげたかった。もう母のことで悩ませたくもなかった。すべてをなかったこととして、せめて静かな気持ちで旅立たせてあげたい、そう思った。

それに対して、病の床から返ってきた短い文章にはこうあった。

「ありがとう。良い娘をもって幸せでした」

これ以上ない最高の褒め言葉だ。それでいて最も悲しい別れの言葉でもある。

いまもくじけそうなときには、このひと言を口に出して言ってみる。すると、まるで父に守られているような、温かな自信が溢れる。

わたしの魔法の言葉になっている。


生前に家族に宛てた手紙を用意していたのも律儀な父らしく、わたしへの白い便箋には、

「残されたママのことを頼む」

と書かれていた。

あぁ、このひとの一生はこんなにも妻のことで占められていたんだな。死んでからのことまでも案じ続けていたなんて。痛々しいほどの愛情に胸がしめつけられた。

生前、働きすぎなほどに働いて、それなりに地位も財も手に入れた父だったが、よく口にしていたことがある。

「年を取ったいまでは、高級な寿司屋や有名店にも行けるようになったよ。でもね、史絵。パパは昔まだ貧乏だった頃に、ママと行った狭いカウンターの寿司屋さんほどうまいと思ったことはないな。あの頃が一番よかったのかもしれないないな」

お金も名誉もなにもなくても、夫婦ふたりでゼロから力を合わせて必死に生きていた頃。それこそが父の大事にしたかった幸せというものだったのだ。

ただそれさえあればよかったのに……。

母は裕福になるにつれふつうの幸せを忘れていった。ものに満たされるごとに非凡な刺激を欲した。そして薬物が増えた。

彼女の求めていた幸せとはなんだったんだろう?

彼らはどこでどう誤ってしまったのだろう?

そう思うと、父のその純粋な愛情を素直に感じられなかった母もまた不憫《ふびん》に思われるのだった。

喪主のいない告別式

極めつきは通夜と告別式の二日間だった。

我が家の異様さがうかがえるエピソードなので、恥ずかしながら少し詳しくお話ししようと思う。

父の亡骸《なきがら》を入院先の病院から自宅に連れ帰ると、親戚が何人も最期の顔を見に足を運んでくれた。そのたびにわたしがあれこれせわしなく対応に追われていても、母は自室で通販チャンネルに釘付けだった。まともにあいさつにも出てきやしなかった。

「ご主人が亡くなって落ち込んでらっしゃるのよ、しかたないわ」

みんな口ではそう言ってくれるものの、表情は苦笑いでひきつっていた。

通夜と告別式は葬儀社を営む友人に段取りを任せることにしたが、その打ち合わせの時刻には、

「通販チャンネルに生電話で出演することになってるから」

と言うと、興奮気味に自室へと消えていった。どうやら上顧客になると番組から電話出演の

オファーが来るらしく、それがお得意様の証みたいなものだった。

「喪主があれじゃ、本当に申し訳ないね」

と赤面しつつ謝るわたしに、

「いや、葬儀の前後にはいろんなことがありますから。ご家族様によってもいろいろですし……」

と葬儀社の友人は慰めの言葉をかけてくれたが、内心は呆れていたに決まっている。

そりゃあ伴侶との死別ともなればさまざまな出来事が起きるのは、わたしも医療のサイドから見てきたからわかるけれど、こんな頓珍漢《とんちんかん》な妻にはまずお目にかかった試しはない。

近年の依存症医学の解明によると、なにかに依存するのは生きづらさや苦しさを埋め合わせるため、つまりセルフメディケーション＝自己治療なのだという考え方がある。

いまにして思えば、あのときの母はまさしくその状態だったのだと思う。伴侶の死という大きな衝撃をなんとかごまかそうと、テレビショッピングにどっぷりと依存していた。

ただ残念なことに当時のわたしはそんなふうに考えが及ばず、ただ現実逃避しているだけに見えて腹が立ってならなかった。

最愛の父が死んで悲しいのはわたしのほうなのに、面倒をかけて邪魔ばかりする迷惑な母親としか思えなかった。

そしてなにひとつ準備に協力することもなく、通夜当日を迎えた。

いざお寺へ出かけようという段になると、いきなり、

「わたし、具合が悪くて行けない。入院する！」

と言いだした。かかりつけの病院の喘息のドクターに電話を入れ、発作でもないのに入院させろとくだを巻いて困らせた。

あまりにもみっともない話なので受話器を奪い取り、

「すみません。今日は長年連れ添った伴侶の通夜なもので、気が動転しているだけだと思います」

そう取り繕い、詫《わ》びをいれて事を収めた。

本当にこの数日間というもの、母の言動はいつにも増して常軌を逸しており、わたしは葬儀社や担当医など関係者に謝り通しだった。

その後も行くの行かないのとうだうだしていたが、結局は家政婦さんに抱きかかえられながら式場にやってきた。家族同然だった家政婦さんは我が家の異常な雰囲気を自然にくみ取っていて、いつも適切な対応をしてくれていた。どれだけ世話になったかわからない。

しかしまた、そのときの格好が周囲を驚かせた。

故人の妻だというのに紋付の和服も着ずにワンピースとハイヒール。どこで手に入れたのか、

ハリウッド映画みたいな黒のベールを深々とかぶり、それでいてその下には真っピンクの口紅をべたべたと塗って現れたのだ。

その姿は、誰もが一瞬ぎょっとするほどの不気味なものだった。

おかしかったのは姿形だけではない。お酒も飲まないのに妙にハイテンションで、大声で親戚たちとバカ話をしては、お清めのお寿司をたらふく頬張った。そんな騒がしい人間は、葬儀場のどこを探してもひとりもいない。あまりの品のなさに眉をしかめる参列者も少なくなかった。

騒ぐだけ騒ぎ、食べるだけ食べると、まだ会が終わってもいないというのに、

「それじゃあ、わたしは帰るね!」

と勢いよく立ち上がった。そしてよたよたと出口に向かって勝手に歩き始めた。危なっかしいのでまた家政婦さんが肩を貸した。

わたしはもうたしなめるでも引き留めるでもなく、見て見ぬふりをするしかなかった。

廊下の端から、

「パパ!　ありがとね!」

という雑な叫び声が聞こえた。

その叫び声が最後のあいさつのつもりだったのだろう。翌日、母は告別式には来なかった。

わたしはすでに説得する気力も残っていなかった。

ふつうなら故人の妻が葬儀に参列しないなんて、そんなバカな話はありっこない。

でも親戚一同が口を揃えてわたしにこう言った。

「はる子おばさんは来なくてよかったよ。来たら史絵ちゃんがもっと大変になるだけだから……」

親戚のみんなからそんなふうに厄介なお荷物扱いされるほど、悲しいかな母の評価は地に落ちてしまっていたということだ。

たしかにわたし自身、大切な父を失ったというのに母にペースをかき乱されすぎたために、通夜も葬儀もその後も、悲しむ心の余裕さえなかった。

いま思うのは、あんなにも妻を思いやっていた父なのに、最後のお別れの告別式に彼女がそこにいなかったことだけがかわいそうでならない。

父という最大の理解者を失って、そこからわたしは母の問題とひとりで闘わねばならなくなった。

買い物依存はなおも続いていた。積まれていく段ボール箱で心の隙間が埋まるわけでもなかろうに、それはやむことはなかった。

テレビショッピングに一日じゅう注文の電話ばかりする。それをとがめると、

「わたしの金でやってるのになにが悪いっ？」

と目を吊り上げて怒鳴り散らした。その形相は注射に依存したあのときとまったく同じだった。

そのお金だって、父が何十年も必死に働いてゼロから作り上げた結果だ。泡のように一瞬で消える使いかたをするためのものではなかったはずなのに、そんな真っ当な発想は依存症の人間にはない。

もちろん依存症専門外来の竹村先生にも相談した。けれども、

「買い物の場合は、自分のお金でやってるぶんにはしかたないかなぁ。カード破産とか他人から借りてまで買い物に注《つ》ぎ込むようだとさすがに問題だけどね。まぁ、少し放っておいたら？」

との意見だった。

たしかに買い物の場合は、薬物と違って即座に命を脅かすものでもないので、多少は目をつぶることにした。第一、彼女が彼女の財産をどう食い潰そうと、それは彼女の勝手である。それよりなにより薬物のときと同様、依存症は叱ったり取り上げたりすればするほど相手は頑なになる。悪化することはあってもよくなることはない。

正論で闘っていいことはひとつもないことはわたしもすでに学習していた。

父の死をきっかけに変わったことと言えば、母から頻繁に電話がかかってくるようになった。母はメールは打てないので、もっぱらわたしの携帯電話にかけてよこした。

これまでにもお話ししたが、わたしたちはもう何年もまともな会話ができるような関係ではなかった。

にもかかわらず、急に彼女からの電話が増えたのはやはり寂しさがそうさせたのだろう。父なきいまとなっては、彼女の愚痴や不満を聞く相手はわたしのほかに誰もいなくなってしまったのだから。

電話の内容はたいていが体調の悪さを訴えるものだった。

「ねぇ、転んじゃった。腰が痛くて歩けない」「ふらついて壁に顔をぶつけて目が開かないよ」

などと訴えた。詳しい状況を聞こうと、世話をしてくれている家政婦さんに確認を入れると、

「いいえ、ふつうに歩いていらっしゃいますけど？　ごはんも全部召し上がりましたよ」

こんな肩透かしな答えが返ってくるのがオチだった。

要するに究極のかまってちゃんになってしまったのだ。

こうした電話は昼夜を問わず鳴り続けた。気づくと着信履歴が十件近くも残る日が続いた。

さすがにこちらも身が持たない。

「狼が出たぞー！」

と叫んでばかりいる少年の声には誰も耳を貸さない。それと同じで、

「痛いよ、もうダメだよ」

と騒ぐ母を信じる気にはならなかった。

しかし適当にあしらってわたしが取り合わないと怒りだし、

「ならもういいっ」

とガチャ切りをするのが常だった。中学生のケンカならともかく六十歳過ぎの中高年のやることではなかろうに。

でもしわたしが医師でなかったら、我が家がこんなにいびつでなかったら、ひとり暮らしのじつの母親から具合が悪いと言われれば心配して夜中でもすっ飛んでいったのだろうか？

「大丈夫？　お母さん」

と、ひと晩じゅう体をさすってあげたのだろうか？

だとしたら、わたしはいつの間にこんなに冷酷な人間になってしまったのだろうか？

冷酷ついでに、しまいにわたしは母からの電話に出るのをやめた。出ればまた言いたいことだけを言い散らかして、怒って受話器をガチャ切りするのが目に見えていた。

それでいちいち振り回され、嫌な気分になるのにもほとほと参っていた。

それをひどい娘と言うならそれでもかまわない。

わたしが電話に出なくなると、母は次なる手段に出た。自分で救急車を呼ぶようになったのだ。それも三日にあげずに。

やれ、転んだ、やれ、腰をひねった、と痛がっては救急隊の世話になった。その都度、たいした症状ではないことは病院に行けばすぐにドクターにバレるので、毎回ほとんど検査もされることなく問診だけで帰された。

こんなことばかり繰り返していたので、おそらく担当エリアの消防署ではちょっとした有名なオオカミ婆さんと呼ばれていたに違いない。

母を殺してしまおう

救急車騒動と同じ頃から、母はお金に対する異常な執着を見せるようになった。

もともとお金は大好きで、とくに現金を手元に置きたがる習性があった。変な話だが、財布のなかにはいつも十万円の束がいくつか入っていないと気が済まなかったし、寝るときですら枕の下に百万円の束を敷いていたくらい、イヤらしい現ナマ好きだった。

長野の田舎育ちで決して裕福とは言えない幼少期を鑑みれば、お金持ちに対する憧れがあったって不思議ではない。昭和の戦争を知る時代の女ゆえ、裕福になることが幸せなのだと信じて生きてきたのかもしれない。それを責めることもできない。

ただ父の死後、急激に金銭にまつわるトラブルを立て続けに引き起こすようになる。

最初は、わたしが父の遺産をすべて奪い取ったと親戚じゅうに触れ回った。当然事実無根である。

「史絵はあんなに頭のよさそうなふりをして、中身は泥棒なんだよ」

という調子だ。もちろん親戚もそれを鵜呑《うの》みにはしないものの、

「史絵ちゃん、はる子おばさんは大丈夫なの？　なんだかお金の心配ばかりしてるわよ」と聞いてくるので、いちいち誤解だと説明しなくてはならなかった。

親戚だけならともかく、困ったことに取引先の銀行にまであることないことを話し始めた。「娘が勝手に口座からお金をおろしているから、止めてください」と連絡を入れたりした。泡を食った担当者が支店長同伴で駆けつけ、真相を理解してもらうためにわたしが何度も謝る必要があった。

当時、わたしは父の残した医院の継承の手続きに追われていた。加えて相続のための資料などをいくつも揃えねばならず、それをひとりでこなしていた。医師の仕事をやりながらでは、さすがにいっぱいいっぱいだった。

そんなときに、そうした雑事をなにひとつ手伝うでもなく邪魔ばかりする母。

故人の配偶者として必要な判子をひとつ押すにもわたしを泥棒扱いし、散々っぱら嫌みをのたまうのが日常茶飯事。

わたし自身、心に余裕がないせいもあり、母の顔を見るたびに腹が立ってしかたなかった。

いまで言うなら、母には境界性人格障害があったのかもしれない。

感情がころころと変化し、自分の思いどおりに事が運ばないと急に激高する。それでいて他人の気を引くためなら手段を選ばない。その裏には孤独に対する異常な恐怖心を持っている。それになによりもこのタイプの障害は、依存症を合併しやすいと言われている。

何度も言い訳がましいようだが、こうした概念が確立したのはここ最近のこと。わたしが渦中にいたときにはまったく想像も及ばぬことだった。あの時代にこうしたことがわかっていたら、もう少し別のアプローチ方法を探すことができたかもしれない。

しかし残念ながら当時のわたしは、正面からバカみたいに立ち向かう手段しか持ち合わせていなかった。

だから親戚に嘘八百を吹聴されれば怒りの言葉を浴びせ、銀行の担当者や救急隊に迷惑をかけるたびに軽蔑の眼差しを向けた。

日々繰り返される迷惑行為の数々に、わたしの我慢は限界に近づいていた。

あるとき、わたしがいつものように雑用に翻弄されているとヘラヘラと笑って、

「ねえ、わたしのお金ちょうだい。パパの残したぶんがあるでしょ？　まとめて一括でちょうだいよ」

と近づいてきた。

まだ相続税の計算も終わらない前からそんな非常識な話もなかろうと思うが、それよりなによりその安っぽい笑い顔に堪忍袋の緒が切れた。

「もういいかげんにして！　これ以上わたしに迷惑をかけないで!!」

思わず大声で怒鳴りつけ、持っていた書類ケースを母の肩先に叩きつけた。それはケガを負わせるほどの大袈裟なものではなかったが、その拍子に彼女はふらふらっとよろけた。

その姿を見て、わたしははっと我に返った。

まずい、このままでは本当に母親に手を上げてしまう。一旦本気で暴力を振るい始めたら、その勢いを止める自信がなかった。

（もしかしたら、母親を殺してしまうかもしれない……）

死んでくれ、と思ったことは何十回もあるが、本気で手にかけようとしたことはなかった。

それがいままさに紙一重のところにあると気づいたら、背筋がぞっとした。


昔々、幼少期に母から叩かれていたことを思い出す。竹の定規で、布団叩きで、時には平手で顔を叩かれた。

理由はいつも他愛ない。わたしが母の思いどおりの行動を取らなかった、それだけのことだ。

投げつけられた灰皿で額から血を流したこと、タバコの火を目の前にちらつかされた日のこと、飲み物に下剤を入れられたこと……たくさんの悪い思い出が一気に脳の記憶の引き出しからあふれ出して止まらない。

あぁ、きっとあの頃の母も一旦上げた手が止まらなくなっていたんだな。思ったようにならない我が娘に対して感情が制御不能になって、言葉にはかえられない苛立ちを爆発させていたんだろうな。

少しだけわかった気がした。

と同時に、わたしにも同じ血が流れていると直感した。

暴力も依存症のひとつ、世代を超えて繰り返されることはよく知られているのだ。

このままでは危ない。本当に彼女を殺《あや》めてしまうかもしれない。なんとかしてこの負の感情を抑え込まなければ……どうしよう、どうしよう。

そうか、それならそこに彼女がいないものとして過ごそう。なにをされてもなにを言われても、徹底的にその存在を無視してしまおう。

これがわたしの結論だった。残酷だと言われようと、当時はそれしかないと思った。いまでもほかに手段が思い浮かばない。もしももっと良策があったのであれば、正しい方法があったのならば誰か教えてほしい。

ともかくこの日から、わたしは心のなかで母の存在を殺した。

母を捨てたのだ。

透明人間

母の存在を無視し始めてからも、わたしへの揺さぶりは続いた。

救急車もしばしば呼んでいたし、その都度病院から迎えに来るように連絡が入った。

しかしわたしは足を運ぶことなく、彼女の身の回りの世話をすべて家政婦さんにお願いした。結構な手間をかけたと思うが、家庭内から通院の世話に至るまで、すべて理解して手伝ってくれて助かった。

世間から冷たい娘だと言われようが、医師とは思えない非常識さだと思われようがわたしは関わりを極限まで捨て去った。

真夜中の着信もままあったが、徹底的に無視した。

(絶対に命に関わるような本物の急用のはずはない)

不思議なまでに、わたしにはその確信があった。

無視を続けるうちに着信の回数は少しずつ減った。日に三回が二回に、それが一回に、そしてそのうちかかってこなくなった。

こうやって電話攻撃はかわせても、実際に目の前にいるときには気分的に難しかった。

当時、わたしは父の残した医院を継いでいて、それは実家と同じ建物のなかにあった。つまり診療の仕事で行くたびに、同じ屋根の下で顔を合わせる機会があるわけだ。

だからなるべく出くわさないように、時間差をつけたり動線をずらしたり、変なことに気を遣わねばならぬ暮らしだった。

依存症独特というか境界型の特徴というか、母はとにかく相手の嫌がるところをつくのがうまい。人を苛立たせることに関しては天才的なのだ。

たとえばわたしに向かって、

「パパがいた頃にはもっとお中元がたくさん来たのにねぇ。パパは患者さんから信頼されてたものねぇ」

といった父と比較するようなことを並べ立てた。もとよりわたしはファザコンで、医師としての父もまた功績を残した人でもあったので、そういった意味でも相当のコンプレックスはあった。

それを知っていて、わざと比べるようなことを言うわけだ。お中元の数なんぞ、人生の価値となんら関係ないとはわかっていても、そういうくだらないことほど気に障るものである。

しかしこれに腹を立て、つい反論などしようものならもう大変。一本釣りの竿《さお》に魚が食いついたとばかり、堰《せき》を切ったように次から次へと嫌みの連打に見舞われる。口が減らない、というのは彼女のためにある言葉に違いない。

考えようによっては、それだけ頭が回るのだから知能は低くはなかったのだろうな。薬物で多少の幻聴や思い込み、記憶のすり替えは起きていたが、ある部分はとてもクリアに保たれていたように思う。

彼女のお得意の攻撃に、

「あんたとはもう縁を切る！　籍を抜いてよ」

というパターンがあった。これは生前の父にもよく言っていた。

「もう離婚したい。籍を抜いてひとりになる」

と唐突に言いだしては父を困らせるのだ。

真面目な父のこと、そのたびに、

「なんでそんなことを言うんだよ？　せっかくこの年まで一緒にやってきたんだから、そんなことを言うもんじゃないよ」

と悲しそうな顔で説得をするのだが、わたしはそんな姿を見るたびに、

（バカだな、本気でそんなことするはずがないのに。ただそう言ってみんなを振り回して困ら

せたいだけ……）

と心のなかで呟いていた。

案の定、父が、

「僕は別れたくなんてないんだよ」

と切々と懇願する様を見ては、まんざらでもなさそうにほくそ笑んでいたものだ。

きっとこれも夫の気持ちが離れることへの不安の裏返しだったと思う。

依存症に陥りやすい性格のひとつに〝他人から見捨てられることへの不安が強い〟という特徴があると前に書いた。

このために自分から別れを切り出しては、相手が引き留めてくれるのを期待していたんだろう。そうやって愛情を確認したかったのだ。こういう言動は長年にわたり幾度となく繰り返された。

わたしに対しても同じこと。

思い起こせば、幼少期から口癖のように言われていたのが、

「おまえはママの運に守られているから生きていられるんだよ。ママがいなくなったらどんどん運が落ちる。不幸になるよ」

という呪いがかった話だった。もちろんなんの根拠もない戯言《ざれごと》。だが子供のわたしにとって

はそれが疑う余地のない真理のように思えて、母から見捨てられるのがすごく恐怖だった。まるでカルト教団の手法にも似た話術だろう？　そこまでしてでもわたしを縛りつけておきたかったのだと思う。

だから大人になってからでも、親子の縁を切ると騒げば、

「ママ、お願いだからわたしを捨てないで」

と、泣いてすがるとでも思っていたのだろう。

冗談じゃない、そんな気はさらさらない。捨てたいのはこっちのほうだ。

母から叩かれても放り出されても泣きながらその背中を追いかけたあの頃の少女はもういないのだ。そんなことでは悲しまないくらい、わたしはとうに違う次元に立っていた。

もはや彼女の想像が及ばないほど、わたしは無感情を演じる力のある人間になっていたのだ。


こうした面倒な揺さぶりを避けて日常を平穏に送るためにも、わたしは母の前では透明人間になった。

目の前ですれ違っても、あたかも誰もいないかのように振る舞った。嫌みを言われても聞こえないふりをした。

わざとらしく近づいてきては、あっちが痛いこっちが痛いと騒ぐこともあったが、なにも見

えない聞こえない、を貫いた。こんな白々しい態度を取るのにも一カ月もすれば慣れてきて、さして努力をしなくてもわたしは自然にそう振る舞えるようになった。

依存症家族に相談を受けた際、

「下手に関わって振り回されて、もろともどん底に落ちるくらいなら心を鬼にして距離を置くのも一案ですよ」

そう提案することもある。するとたいていの依存症家族は、

「でも、そんなことをして本当に死んだらどうするんですか？」

と詰め寄ってくる。

そんなとき、わたしは心のなかで思う。

（死んだら死んだでしかたないじゃない。それが本人の運命ならば。どうせ殺してしまおうかと思うくらいだったんだから）

冷酷な人間だと非難されるのはわかっている。みんなにわたしのやりかたを勧めることはできない。

でも、少なくともわたしは透明人間に徹することで母との距離を取れた。そしてこの距離のおかげで衝動的に母に手を上げずに済んだのだと、いまでも思える。

もしわかってもらえるのなら、ひとつだけ言わせてもらいたい。わたしがこんな選択をした

のは、母への愛情があったからこそだということを。

これが赤の他人で愛情がなければ、なにも無視なんかする必要はない。適当な距離で無難に相手をしておけば済むことだろう。

母娘だったからこそ、こんな極端な決断をせざるを得なかったのである。

それともうひとつ付け加えるとしたなら、どう生きてどう死ぬかは本人の自由だ。親子だからといって、その自由に介入する権利はない。

「家族のために、愛のために生きてほしい」

一見美談に見えるこの思い込みは、かえってお互いを苦しめることがある。

だからわたしは、母が自分で選ぶならば生きるも死ぬも運命に任せようと心に決めていた。

とうにその覚悟はできていた。

カウントダウン

それから時は過ぎ、父が亡くなってからじきに十年を迎えようとしていた。母との関係は変わらず、白々しいほど一定の距離感を保ってお互いに平行線上を黙々と歩んでいた。

その絶妙なバランスを崩すきっかけは、実家の愛犬の死だった。

我が家は父が大の犬好きだったこともあり、絶えず犬と一緒に暮らしてきた。わたしも幼少期から犬が心の友だった。

過度な教育ママの方針で近所の同世代の子供と遊ぶことを許されていなかったため、唯一の話し相手は愛犬だった。母に叱られて悲しいときも悔しいときも、歴代の愛犬たちが癒してくれた。

思えば数少ない家族の団欒《だんらん》の光景には、必ず真ん中に犬がいた。動物の持つ潜在的な力によって我が家は、わたしはずいぶん助けられていたのだと思う。

わたしが結婚して家を出てからやってきたミニチュアダックスフントは、ことに両親の心の安らぎの役目を大きく担っていた。愛犬とはいっても、母は散歩や食事、シャンプーなどの世話はやらないしできないので、事実上は家政婦さん任せだったが、それでも夫婦共通の好意の対象だったことは間違いない。

父が死んでからの十年は、その犬が母の傍らに寄り添っていた。きっとわたしとの冷たい関係を埋めるかのごとく、母の心を温めてくれていたのだろう。誰も訪れることのない母の部屋に自由に出入りできるのはその犬だけだった。

母の最後の愛犬となったこのダックスフントが老衰で亡くなった。

この死をきっかけに、母は突然生活を一変させた。

まず、あれだけ頼りっぱなしだった家政婦さんをいきなり解雇した。

「もう犬の世話もないから来なくていいわ、と奥様から言われました」

と家政婦さんから聞かされた。これまで食事の用意もゴミ出しもしたことがないのに、なんと無謀なことをするものかと驚かされた。

食事は、高齢者用の宅配食を頼んだから心配するなとのことだった。

それでも母ひとりの生活は、家のなかがあっという間に汚れ、ゴミが溜まった。もとから買い物依存でものが溢れているうえに片付ける能力がないので、ともするとすぐにゴミ屋敷さながらの状態になってしまう。

しかたないのですぐに家政婦さんを呼び戻し、週に数回は来てもらえるようにわたしが段取った。加えてわたし自身もときどき実家の部屋を覗かざるを得なくなった。こうなるともう透明人間を続けられる事態ではなくなってしまった。

そうこうするうちに、わたしは母の介護申請をしていないことに気づいた。家事一切が不得手で身の回りのことができない老人には、介護の援助が必要だった。そこでわたしは役所へ行き、手続きを進めることにした。

このとき、手続きについて説明するため、何年ぶりかで母と向かい合って話をした。介護サービスを受けるためには申請をしなくてはならないこと。第三者の手を借りるべき時期が来ているということ。

これについては思いのほか素直に、うんうんと首を縦に振りながら話を受け入れた。母ももう七十代半ばになっていた。老いたゆえに、もうわたしに対して悪態をつく体力は残っていないようだった。本心はどうだかわからないが、なんに対しても反論せずに従順な態度が返ってきた。

気づくと、いつの間にかテレビショッピングもしなくなっていた。あんなに頻繁に届けられていた段ボール箱の宅配がピタッと来なくなった。

振り返れば、これが彼女のカウントダウンだったのだろう。あれほどしつこかった依存行為が嘘のように治まりつつあった。

でもそれが人生の終わりへと続く徴《しるし》だとは、このときのわたしには気づく術がなかった。

密やかな最期

その日は、母のためにお寿司を買った。

いつもいつも高齢者向けの宅配食では味気ないだろうと、夕食にでもゆっくり食べるように手渡すつもりだった。

以前のわたしなら考えられなかった行動だが、十数年ぶりに不思議と自然にそうする気分になれた。母の態度が従順に変わってきたせいもあったろう。老いを感じて不憫に思えたのもある。

昼過ぎ、いつものように玄関の鍵を開けると中側からチェーンがかかっていて開かない。

「起きてる？　聞こえる？」

数センチの隙間からそう声をかけたが、返答がない。彼女の部屋からは、いつものテレビショッピングの音声がうっすらと聞こえてきたから部屋にいるのは間違いない。第一、滅多に外出することのない半ば引きこもり老人だ。

それでも返事がないので、おそらく眠り込んでいるか、機嫌でも悪いのだろうと、わたしはすぐに諦めた。

じつを言うと、これまでにも気分次第でわたしを閉め出すことは何度もあった。虫の居所が悪ければ、聞こえていても聞こえないふりをするし、わざとチェーンをかけてわたしが入れないようにすることだって多々あった。

閉め出すだけでなく、わたし宛ての郵便物を、

「そんなひとはいません、持って帰ってください」

と配達員に突っ返して困らせたりもしていた。

お恥ずかしい話だが、ふつうの家庭ではまずあり得ないような子供じみた嫌がらせが我が家では日常的に行われていたので、この日もまたそうした気分の波がやってきたと思ったに過ぎなかったのだ。

以前にも書いたように、わたしは当時自宅と同じ建物のなかにある亡き父の残した医院で診療をしていた。このときも実家に入るのを諦め診察室に直行し、仕事に取りかかった。

そして一日の診療を終えると、あたりはとっぷりと日が暮れていた。午後七時を回っていた。

再び実家の階を訪れたが、なおもチェーンはかかったままだ。

わたしがなにかしただろうか？　また彼女の機嫌を損ねるようなことを言っただろうか？　記憶をたどってみた。でも、いくら考えても今回に限っては思い当たる節はない。

「なにかあったの？　ねぇ、聞こえてるの？」

さっきよりいっそう大きな声で呼んでみる。でも返答がない。わざと大きな音でドアをノックしても、インターホンや電話を鳴らしても、空しく呼び出し音が鳴るばかり。

相変わらずテレビの音は同じように漏れ聞こえてくるものの、部屋の灯りがつかない。夜だというのに真っ暗だ。昼に訪ねたときと室内の様子がまったく変わっていないことに、さすがに違和感を覚えた。

しばらくの間ドアを叩いたり電話を鳴らしたりを繰り返したが、なんの反応も見られない。たとえどんなにヘソを曲げていたとしても、さすがにこれはおかしい。

チェーンの鍵は特殊な器具を用いないと解錠ができない。やむを得ずヘルプを要請すると、ありがたいことに警察とレスキュー隊は、すぐに駆けつけてくれた。

状況を見た隊員たちは長年の勘から、

「これはもしかしたら、部屋で倒れているかもしれませんね……」

と心配げな表情を見せた。

オレンジ色の制服を着たレスキュー隊員が、いくつかの道具を用いて器用にチェーンロックを外してくれた。と同時に、警察とわたしは部屋になだれ込んだ。

一目散に母の部屋へ向かいドアを開けた。目に飛び込んできたのは、暗い部屋のベッドの上に仰向けに横たわる母の姿だった。

一見してすぐに、息絶えていることがわかる力の抜けた姿だった。テレビや空調は全部ついたままだった。

「あぁ、ダメだ……」

わたしがそう諦めを口にすると同時に、反射的に取った態度は裏腹だった。母の傍らに駆け寄り胸の上に手を置き、即座に心臓マッサージを始めた。
一、二、三……。
もちろん反応はない。完全に事切れていた。

警察官が携帯電話で本部と連絡を取り始めるなか、わたしは無駄と知りつつもしばらく心臓マッサージを続けた。

このとき、どうして瞬時に救命措置をしたのか、理由は自分でもうまく説明できない。

わたしが医師だったから、無条件に体がそう動いたのかもしれない。

だって、かつてはあれほど死んでほしいと思っていたじゃないか。

先に逝った父に、

（どうしてママを迎えに来ないの？　まだ連れていってくれないの？）

と心のなかで何度も問いかけていたじゃないか。

世間でよく見かける仲のよい母娘のように、

「お願い、大好きなお母さん長生きしてね」

なんて甘ったるいことは一度も願ったことはなかった。なのに、いざそのときになったらなんで蘇生を行ったんだろう？


母は死んだ。

奇《く》しくも父が亡くなった年齢と同じ、七十六歳だった。

結局、たったひとりの娘がそばに居ながら、最期の瞬間を孤独に迎えさせてしまった。

依存というモンスターに感情を食い潰され、うまく付き合う距離が見つけられなくて平行線上を何年も歩き続けた。

そのあげくがこれだ。最低な幕引きだ。

何年ぶりかに母のために買ったお寿司も、無駄になってしまった。せっかく食べさせようと思ったのに……。

人生ってなんて恨めしいんだろう。

その後の検死により、死因は持病の大動脈瘤の発作だとわかった。でも、その死に顔はとうてい苦しんだふうには見えなかった。それどころかわたしの記憶のなかにある母の顔のどれよ

りも平穏で、なにかほっとしたように見えた。まるで、

「あぁ、これでようやく死ねるんだな……」

とでも呟いているみたいだった。

生きるのがつらすぎた、生きかたが下手な母は、心の底でこのときを待ちわびていたのかもしれないな。そんな気がした。

消えたノイズ

母の死を目の前に突きつけられた。

でも、想像もしなかったくらいに心のなかは落ち着いていた。

父が死んだときは、あんなに悲しかったのに。間違いなく、それが生まれてから最も悲しい日だと実感した。こんなに寂しい思いはほかにはないと思ったし、事実その後の人生でもあの思いを超える悲しみと寂しさに出会ったことはない。

母の葬儀の準備をしながらも、やはりそこには動揺も悲しみも、逆に安堵《あんど》もなにもなかった。

ひと言で言い表すなら、それは〝無〟だった。

これで終わったんだ、すべてが終わりになったんだ。もう苦しまなくていい。もう傷つけ合わなくていい。誰も責めなくていいし、誰からも責められることもない。そんな思いだけが、頭のなかをぐるぐると回っていた。

ちょうど秋から冬に季節が変わろうという時期だった。見上げた空がとても青く見えた。

「あぁ、空の色ってこんなにも澄んでいたんだ」

深く息を吸った。空気が軽い、自分の体がすごく軽い。まるで自分の存在や人生そのものがとても軽くなったような不思議な気持ちになった。地面を歩く足がふわふわと宙に浮くような感触だ。

もしかしたら、世の中の大半のひとたちは、いつもこんなふうに軽い気分で毎日を送っているものなのかもしれない。これまでのわたしが異常だったのかもしれないな。初めてそんなことを感じた。

そしてもうひとつ、このときから耳の聞こえかたがはっきりと変わった。それまではなんとも説明し難い、ぎりぎりというようなノイズがひっきりなしにBGMみたいに流れていて、その上に日常の音がかぶさって聞こえていた。

それがふつうだと認識していた。誰もがみんなそう聞こえているものだとばかり思っていたのだが、そのノイズがピタッと鳴りやんだときに、わたしは地球がとても静かで穏やかな世界だと初めて知った。

音も色も空気の重さも、すべてが間違いなく変わった。

それまで何十年もわたしが生きてきた世界、あの窮屈で苦しい空気は虚だったのか？　それともいまが虚で、あれが本当だったのか？

きっとそれは誰に聞いても正解はわからないだろう。けれど間違いなく、わたしはこのときからまったく別の世界を歩きだした気がする。

そしていまに至るまで、二度とあの重苦しい感覚に曝《さら》されることはない。それだけでも心からありがたいと思えるし、生きるのが楽だ。

もしかしたらこれを〝幸せ〟と呼ぶのだろうか。

母の死をきっかけに知った感情が悲しみではなく幸せだとしたら、これはものすごく親不幸なことなのかもしれない。

でも母の死に顔に見た安堵、どこか微笑みにも似た表情を思い出すと、母も絶命の間際にはこの静かで幸せな感覚を一瞬だけでも感じることができたのかもしれない、そんなふうに思えてくる。

依存症に操られた彼女が、負のスパイラルから完全に解き放たれる方法はたったひとつ、その存在をこの世から消し去ること。

そうすればすべてが終わる。

我々母娘はとうの昔からそれをわかっていたんだ。でもお互いにその真実を口にはできなかったけれどね。

いまようやく、その答えを実現できる日が来たことを喜んで受け入れよう……母の亡骸はそう語りかけているように見えてならなかった。

Ⅲ

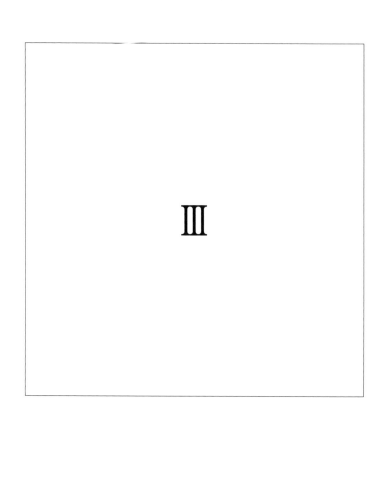

タブー解禁

いま、こうして原稿を書いているけれど、母についての話をこんなふうに語れる日が来るとは、正直思っていなかった。

成長期のわたしには、我が家の異様な出来事を誰かに口外するなんてあり得ないことだった。なぜって、それは我が家の恥部であり、誰にも見せてはならないタブーだったから。

もっと言えば、母の奇行の半分以上は、家族である父にすら語ったことがなかった。

わたしたち母娘の関係はとうの昔に破綻していたが、父は母への愛情を最後まで保っていたからだ。もしわたしが母の裏側をすべてぶちまけたら、父母の関係性まで壊してしまうかもしれず、それは犯してはならない罪に思えた。

かろうじて綱渡りのロープの上でバランスを維持しているぎりぎりの家庭だ。それを破壊するだけの暴力性を、わたしは持ち合わせていなかったのだ。

この綱渡りの習性のせいで、わたしはいまでも周囲の空気を読んでバランスを取るのがすごくうまい。自分でも嫌になるくらいに、他人の気持ちを探りながら生きる術が身についている。

おかげで社会生活はとても疲れる。

テレビでわたしを見るかたには想像もつかないだろうけれど、プライベートのわたしは帰宅後にひとりになるとニコリともしない。テレビもラジオも騒がしくてスイッチをつけられない。電話もまず取らない。言葉を発する余力さえも残っていないのが日常だ。

依存症家庭で育った子供はとかく両極端だ。自分も破滅的な道を歩むか、わたしみたいに疲弊しながらも徹底的にトラブルを避ける生きかたを選ぶか。

どっちにせよ無条件にくったくなく笑える人生とは程遠い。だからわたしは学生時代から笑顔の可愛い女の子に、ものすごいコンプレックスがあった。羨ましすぎて、素直にその可愛さを認めることができなかった。

笑顔の裏に隠された汚い部分を無理やり探したりもした。

我ながら本当に性格の悪い女だと思う。


母が亡くなって一年が過ぎようという頃から、少しずつだけれど過去を言葉にできるようになってきた。

タブーの解禁だ。

きっと自分の気持ちに整理をつけるためには、いつかは必要な行為だったのだろう。

わたしの身に起きた一連の出来事を『婦人公論』のインタビューが細かな部分まで記事にしてくださったときは、あまりの反響の大きさに驚いた。

「母親のことでわたしも悩んでいます」

そういった声がたくさん寄せられた。母娘の問題は置かれた状況こそ違えども、多くの女性の人生を苦しめる要因になっていると知った。

みんな、苦しいのは自分だけだとばかり思い込んでいる。なかなか他人には言えないことだから。そんなとき、

「風通しはよいほうがいいんだよ」

と言った竹村先生の言葉を思い出す。問題は隠さないで、あえてみんなで共有したほうが楽になるよ、解決に近づくよ、という意味だ。

あとから考えれば考えるほど、この教えは正しかったと思える。

こうした本を書くことによって、誰かを助けようなどと大それた希望を持っているわけではない。何度も言うように、わたしはそんなに性格がよくない。

じゃあなぜ伝えるのか、って？

それはなにより、わたしが自分の風通しをよくするために必要な行為だからなんだ。

『婦人公論』の記事やテレビ『徹子の部屋』、NHKの『あさイチ』で取り上げられることが続き、わたしが依存症家庭で育った事実は知る人には知られるようになった。

知る人、とは依存症に悩む人々と、それを治療する専門の医師たちである。

ことにここ最近、依存症を専門に診るドクターから連絡をもらうことが多い。

「同じ医師として、また依存症家族の経験を生かして一緒に依存症に立ち向かいましょう」というお誘いをいただく。これにはかなり高名な先生からのお声かけもあり、まことに光栄な話である。

わたしのあのクソみたいな経験が（言葉遣いが悪くて申し訳ないけれど）あったからこそ、できることがある。そう考えると、当時のつらかっただけのモノクロの記憶に少しだけ色が差すのを感じるのである。

言えなかった秘密

埼玉県立精神医療センター副病院長の成瀬暢也先生との出会いは、わたしにとって貴重なもののひとつだ。

法務省の依存症の再犯防止シンポジウムに依存症家族のひとりとして参加した際に、会場で先生の講演を聞かせていただいた。このときは、まさしく目からうろこの思いがした。

成瀬先生らが説かれている〈ハームリダクションアプローチ〉という説は、簡単に言えば「依存症治療はすべてを取り上げることにゴールを設定するのではなく、害にならず罪にならない程度にうまく許していく」というやりかた。結果的にこのほうが治療が長続きし、成果を上げるとのご意見は説得力がある。

わたしのようにゼロか百かと思い詰めるアプローチで失敗を繰り返した依存症家族なら、よけいにこの理論には賛同できる部分がある。

すでに書いたように、先生の唱える依存症患者に見られる六つの特徴も見事に的を射ている。ここでもう一回おさらいしておく。

①自己評価が低く自分に自信が持てない
②人を信じられない
③本音を言えない
④見捨てられる不安が強い
⑤孤独でさみしい
⑥自分を大切にできない

わたしの母は、これらの項目のすべてにぴったりとあてはまる。

寂しくて孤独で誰よりも不安なくせに、正直になれないので他人に強がりやヘソの曲がったことばかり言う。そのせいで社会ともうまく付き合えずに、またどんどん孤立していくのだ。

しかし彼女の場合、自己評価の低さはどこから来るのか？ それだけは大いに疑問な部分だった。

「わたしはやればなんでもできる。誰からも好かれるのよ」

と公言するほどものすごい自信家な一面も持つ反面、おそらくその陰に隠れた自信のなさがあったはずだ。いったいなにが彼女をそうさせたのか？ わたしはずっと考えていた。

その謎は数年が経った法要の席、ふとしたきっかけで解かれることになる。まるでもつれた糸がほどけるように。

宴の最中、なんの気なしに親戚たちが交わしていた昔話が耳に入ってきた。

「でもさぁ、振り返ってみれば、はる子も小さい頃はかわいそうだったよね。ひとり山奥に取り残されてさ、おばあちゃんと離れて寂しかったと思うよ」

しみじみと同情のため息を交えて話す親戚のおばさんがいた。

聞けば、母がまだ小学校の低学年の頃の話だ。長野の山奥の村で両親とふたつ違いの姉と暮らしていた。

両親は仲が悪く、父親は働きもせずに朝から酒を飲んだくれているような男だったらしい。母親（わたしにとっては祖母にあたる）がそれを責めると、手が出ることもあったようだ。いまで言う酒乱、ＤＶというやつだ。

夫の態度に耐えきれなくなった祖母は、ある日突然家を飛び出してしまう。荷物も持たずに走って逃げて、日に数本しかないバスを目指したのだ。

それを見ていた母とふたつ年上の姉（わたしの伯母である）はすぐさまそれを追いかけた。まだ幼い少女ふたりのこと、母親のあとを必死で追った。山道を駆けて駆けて、息を切らしながら背中を追いかけた。

ちょうどバスがやって来たとき、姉はぎりぎりのところで追いついた。祖母は、ぜえぜえと息を荒くしながら泣きじゃくる姉を急いで抱き上げてバスに飛び乗った。

より幼かった母は走るのが遅く、間に合わなかった。一生懸命走ったが、バスは出てしまった。

祖母は非情にも、姉だけを抱いて行ってしまったのだ。いくら泣いても叫んでも、バスは止まってはくれなかった。祖母が振り向くこともなかった。

幼女だけがひとり取り残された。

彼女はこのとき思ったに違いない。

「わたしはお母さんに捨てられたんだ、わたしだけがいらない子だと見切られたんだ……」

その後数年間、彼女は父親のもとに残って暮らした。遠い町に住む母には会うこともままならなかった。

見るに見かねた親戚のおじさんが、

「はる子はあんなに小さくてかわいそうだから、いいかげんに引き取ってやれ」

そう祖母を説得してくれたそうだ。ようやくそれが叶ったのは、彼女がもう高校生になろうという年だったという。

それまでの時を彼女がどんなふうに過ごしていたのかは誰も知らない。わたし自身もこれら一連の出来事を彼女の口から聞いたことがない。ひとに言えないくらい、つらく寂しい日々だったのかもしれない。いつしかそれは彼女だけの秘密になっていった。

おそらくこの体験こそが、彼女の自己評価に決定的な影響を及ぼしたと考えられる。

(わたしは親から捨てられた)

という思いは、子供の自尊心を根底から破壊した。

祖母にしてみればけっして悪気はなかったのだと思う。ただ酒乱の夫から逃れたい一心で、そのときは自分のことで精一杯だったのだろう。

ひとりの女として、つい幼子たちのことをなおざりにしたくなる瞬間があったとしても、理解できない話ではない。

でも、もしいま、とうに亡くなった祖母と話ができるのならば、わたしは言いたい。

「なんであんなことしたのよ？　どうしてはる子ひとりだけ置き去りにしたのよ？　母親ならば、もうちょっとだけ娘の気持ちを考えてあげてほしかったわよ」

だってもしもその経験さえなければ、彼女の人生は百八十度違うものになっていたかもしれないのだから。

そう思うと、わたしは自分の生まれるはるか昔の出来事が、恨めしく感じられてならないのだ。

生きるためのドーピング

国立精神・神経医療研究センターの松本俊彦先生の話を聞くことができたのも、わたしのなかで大きな変化をもたらすきっかけになった。

それは〝依存症はセルフメディケーションである〟という考えかたを知ったこと。

これまで多くのひとは、

「依存症に陥るのは脳が刺激を欲しがるからだ。快感快楽に溺れてしまうからだ」

と考えてきた。わたしを含む多くの医師たちもそう思って疑わなかった。つまり快楽物質は気持ちがいいからやめられないんだと決めてかかっていた。

しかし松本先生はこう話される。

「多くの依存症患者に問うとこう答えます。気持ちがよくなるから使うんじゃない。つらさや苦しさを軽くするためにしかたなく使うんだ、と」

じつは先の成瀬暢也先生もまったく同じことをおっしゃっている。先生の患者調査によると、依存性物質を使う理由として、

・楽しくなるから、気分がよくなるから　二十九・五％
に対して、
・苦しさが紛れるから　五十八・八％
だという。

この結果を見ると、我々が大きな勘違いをしていたと認めざるを得ないだろう。

つまり多くの依存症患者には最初から他人にはわからない生きづらさがあり、それを自分で埋めるための自己治療＝セルフメディケーションとして依存物質の使用を行うというふうに考えられる。

生きづらさの原因はそれぞれだ。

多いのは発達障害（アスペルガー症候群、ＡＤＨＤなど）の素因のために社会とうまくコミュニケートできないケース。これらの人々の潜在比率は思いのほか高く、社会問題にもなっているのはご存じの方もいるだろう。

またいじめや虐待の経験、これらによるＰＴＳＤなども要因となり得る。

どうあれ、こうした経験を持つ彼らには生きるためのドーピングとしての依存症が必要だったのだ。

母の場合を考えてみる。

・祖母から捨てられたという記憶
・自分は愛されていないという自信のなさ
・ミュンヒハウゼン症候群、代理ミュンヒハウゼン症候群という精神の特性
・他人を信用できないため、本音が言えない生きづらさ

これらが一本の線で繋がって見えてくるじゃないか。

このように最初は生きづらさを緩和するために使い始める依存物は、使用することで気分を楽にしてくれて日々を取り繕うパワーをくれる。酒にしろ薬にしろ、とても都合がいいわけだ。

だがこの快適さは長くは続かない。

依存症になるとその人のよさが失われ、自己中心的になる。依存対象物を手に入れるためなら愛する人にも家族にも嘘をつき、裏切るようになる。

また、安易に依存対象物に逃げ込む習慣がついてしまうため、苦難に立ち向かうことをしなくなる。つまり、人生のストレスに弱くなる。

すると日々のストレス下においては、あたりまえのことがあたりまえにできなくなっていく。仕事もできない、ひと付き合いもできない。だらしない、ダメ人間。そんな自分をますます

嫌いになっていく。

生きづらさを紛らわせるために始めた自己治療が、結果的にもっと自分を苦しめてしまう。

依存症とは、そういう悲しい病なのだ。


いま、日本の依存症治療の中心となっておられる松本先生、成瀬先生ともにまったく同じことをおっしゃっている。

「このセルフメディケーションという概念が理解されれば、依存症患者から依存性物質を無理やり奪い取ることが得策ではないとわかるだろう。ただやみくもにやめさせようとするのではなく、物質に頼る必要をなくしていくことこそを目標とすべきなのだ」

と。

これが〈ハームリダクション〉＝やめさせようとしない依存症治療の本質なのである。

溺れる人と浮き輪の話

精神科医の小林桜児《おうじ》先生の著書『人を信じられない病――信頼障害としてのアディクション』のなかにこんなたとえ話がある。

わたしも大好きな物語なので、ぜひみなさんにも知ってほしい。

たとえば依存症患者を荒波を漂流するひとりの人間に置き換えてみる。

大勢の人間が集まって乗っている狭いボートは、ひと付き合いが難しくて生きづらい。

だから、彼は思わずボートから飛び降りてしまった。

海にぽつんと浮かんだ彼は面倒なことから解放されて自由になれた。

でもそのかわり孤独になった。たったひとりで海を泳がなくてはいけない不安も生まれた。

泳ぎ続けるのもだんだんとしんどくなってきた。

そんなとき、目の前に浮き輪が流れてきた。彼はそれを迷わず摑む。

ひとりぼっちの彼にとって、浮き輪だけが頼みの綱だ。溺れないため、死なないために、しっかりと両手でしがみつく。いつしか浮き輪は絶対に手放せないなによりも特別なものになっていった。

ボートの上の人間たちは、そんな彼を見て嘲笑《あざわら》った。

「勝手に飛び降りたりするから、自業自得だよ。そんな浮き輪なんかにバカみたいにしがみついていないで捨ててしまえ！」

みんな冷たい眼差しをこちらに向けた。家族すらもそうだった。

なかには無理やり浮き輪を力ずくで取り上げようとする者まで出てきた。

「放せ！　放せ！」

でも浮き輪を放すわけにはいかない。だってそれがなければ溺れ死んでしまいそうで怖くてたまらないから。

こうして彼にとってたったひとつの味方の浮き輪は、ダメだと言われれば言われるほどどんどん放し難い大事なものになっていった。

小林先生いわく、ボートは社会生活を表している。大多数の人間にとっては、なんてことのない集団生活がどうしても苦痛でならないひとがいる。

そんなひとにとっては浮き輪こそが依存対象。アルコールであり、薬物でありギャンブル。

SEXや暴力もそう。生きるためになんとか見つけ出した秘薬なのである。

この話を聞くと、どうして彼らが依存に足を踏み入れ、どうやって抜けられなくなっていくのかがなんとなくわかる気がする。

そして取り上げようとすればするほど、意固地になって悪化する仕組みも見えてくるだろう。


この話には続きがある。

ボートの上から浮き輪を奪い取ろうとする恐ろしい人たちは、彼にとっては敵以外の何者でもなかった。とうてい信頼できる人たちではない。そんなやつらの言うなりに浮き輪を手放すなんてあり得ない。

でも、じつは彼は知っていた。

もう浮き輪があっても、安心でも快適でもないことを。

ただ、失ったら死んでしまうかもしれないくらいに怖いから、どうしても手が放せないのだ。

ほかに生きかたがわからないのだ。

途中で何度も考えた。どうせなら浮き輪を投げ出して死んでしまおうかと。しかしそれも簡単にはできなかった。

彼の人生は八方塞がりだった。

そこへ、ある人が声をかけてきた、ボートの上からとても優しく。

「ねぇ、こっちへおいでよ、ボートに乗りなよ」

見ると、こちらに向かって手を差し出している。

そうは言われても、彼にはボートにいい思い出がなにひとつない。

ボートの上にいるのは、彼を冷たく嘲笑いいじわるをした人たち。何度もひとに裏切られてきた彼は、もう誰も信用なんかできないのだ。

「嫌だ！」

彼は首を横に振る。

それでもそのひとはなおも笑顔で誘い続けてくる。

「大丈夫だよ、みんな君を傷つけたりしないよ。ほら、浮き輪を放してこっちにおいで」

彼は迷った。本心では、もう浮き輪にしがみつくのにも疲れ果てている。

でも本当にひとを信じていいのか？　浮き輪を放して大丈夫なのか？　ボートに戻ったらまたいじめられるのではないか？　どうしたらいいのかわからなくて、ものすごくつらかった。

でもなによりも、長い浮き輪の漂流生活で心も体もぼろぼろだった。

「助けて！　助けて！」

彼は生まれて初めて心の底から叫んだ。

「ほら、浮き輪を放してこの手を摑んでごらん」

差し出された手を必死で握った。そのひとはボートに引き揚げてくれた。しっかりと手を繋いでいてくれた。そしてこう言った。

「おかえり、よく戻ってきたね。君は僕らの仲間だよ」

ボートの上の人たちはみんな微笑んでいた。優しかった。温かだった。

彼は涙が止まらなかった。何度も死んでしまいたいと願ったのに、あんなに寂しく孤独だったのに……でも、こうして生き延びた。

それだけでなく、少しずつだけれどひとを信じられるようになった。

それまでとは違う生きかたができるような気がした。

いま、もう彼の手には浮き輪は握られていない。


この話からわかるように、依存症からの脱却に必要なのは制裁でも圧力でも、論破でもない。浮き輪にかわるものを周囲の人間が与えられるかどうかにかかっている。

彼に勇気を持たせ、自信を与え、他人を信用するという変化を起こさせるだけの情熱と根気と敬意と愛情をわたしたち自身が持っているかなのだ。

いま、改めて振り返るとそれらはわたしに欠けていたものばかりだ。

母を嫌い軽蔑し、時には罵倒し時には投げ出した。

実際にはこの物語のようにすんなりとうまく運ぶケースばかりではないとわかっている。

でも、もしもう一度昔に戻るチャンスがあったならば、わたしは努力をするだろう。

自分なりに精一杯の温かい手を母に差し出すための努力を。

寂しいネズミ

依存というモンスターを知れば知るほど、依存症に関する世の中の誤解がものすごくたくさんあることに愕然《がくぜん》とする。たとえば、

・意志が弱いからやめられない
・一度やったらやめられない
・気持ちがいいからやめられない

多くの人が持っているこれらのイメージは、じつはすべてが誤りだとしたら?

薬物の依存を例に取って考えてみよう。

整形外科などの術後によく強力な鎮痛薬が使用されるが、依存性の強い麻薬を一度でも使ったらその時点で一発アウトだというのなら、変形性関節症で入院オペを受けたおばあちゃんは、手術後にみんな薬物依存症になるという話になってしまう。実際にはそんなバカなことは起き

ない。

退院する頃には痛みも取れて、なんの薬も飲まずともピンピンして帰る。その頃には鎮痛剤を使ったことなんか覚えてもいない。

ベトナム戦争のアメリカ兵はおよそ二十六%が興奮系の薬物を使っていたと言われるけれど、帰還後にはそのうちの九十五%はすんなりと薬物から離れた生活に戻れている。

これらの人々が特別に強靱な意志を持っていたわけではない。意志の強弱などなんら関係なくたいていはやめられるのである。

だから〝一度やったらやめられない〟も〝意志が弱いからやめられない〟もまったくの嘘っぱちで、たいていは〝やったところでやめられる〟程度のものなのだ（だからといって自由にやっていいという意味ではないけれど）。


多くの依存症患者が〝楽しいから、気持ちいいから〟ではなく、〝つらさや苦しさを緩和するため〟のセルフメディケーション＝自己治療の目的で薬物を使ってしまうという話は前にも書いたとおりだが、ではこんな例を挙げてみよう。

およそ百年前の実験である。

まず檻《おり》のなかに一匹のネズミを入れる。そこにふつうの飲み水の容器とモルヒネ入りの飲み水の容器をふたつ並べて置いておく。

さて、ネズミはどちらを飲むだろう?

???

そう、答えは簡単、モルヒネ入りの水である。最初こそどちらの水にも口をつけるが、ひとたびモルヒネの味を覚えるともうふつうの水には目もくれなくなる。

予想どおりの結果だろう。これを受けて、

「ほらやっぱり! 一度脳が覚えた快感は忘れられないほど強烈で恐ろしいものなんだ」

かつて多くの科学者がそう理解したし、長い間そう考えられていた。

だが一九七八年、カナダの学者、ブルース・K・アレキサンダーの発表によって概念は根底から覆ることとなる。

ブルースの実験はこうだ。

まず檻をふたつ用意する。片方の檻には以前と同様に一匹のネズミを入れ、通常の水とモルヒネ水を並べて置く。このネズミは周知のようにモルヒネ水を飲むようになる。ここまでは百年前と同じ。

違うのはここからだ。もう片方の檻にはネズミを何匹か入れる。そこにはオスもメスもいる。加えておいしいチーズもある。トンネルやボールなど、楽しそうな遊具もたくさん入れる。

するとどうだろう？　これらのネズミは思ったほどモルヒネ水に惹《ひ》かれないではないか！　そりゃあ何匹かは最初のうちはモルヒネ水を好むネズミもいたが、それも次第に興味を示さなくなり、最後にはみんなふつうの水しか飲まなくなったのだ。

この結果が示すことは、依存症ができ上がる根源はモルヒネにあるのではなく、檻のなかの環境にあるということだ。

檻のなかが楽しければネズミはモルヒネにはなびかない。おいしいチーズや楽しいおもちゃ、それになにより異性とデートし放題というパラダイスが目の前にあれば、モルヒネなんかに用はないということなのだ。

つまり檻のなかでの生きにくさ、適応しにくさ、孤独……これらこそが依存という名のモンスターを作り上げる正体だとの証明になるだろう。

これらを知れば知るほど、依存症は個人の問題というよりも社会全体の問題だとわかってくる。

社会に温かさや愛情や楽しさがないと、人間は生きにくくなる。だからその生きにくさを取り払わなければ、そういう方向に社会が変わらなければ、依存症もなくならないと言い換えることができる。

「依存するのはおまえの意志が弱いからだ、だらしないからだ。自業自得だ。危ないものに手を出した自分が悪いんだろ！　親はなにしてたんだ？」

こうしたよくある誤解が偏見を生む。

そしてその偏見が、依存症から立ち直ろうと努力する人々の妨げになっているのは間違いない。

依存者が死ぬほどの思いで依存を断ち切ろうと思い立っても、周囲が全員自分を白い目で見ていたら、どこへも行き場がない。許される社会がない。そうしたらまた孤独と生きにくさが待っているだけ。

そうなれば彼らは生きるために再び同じ自己治療に頼らざるを得ない。依存という名の間違った自己治療にね。

わたしの知る限り、現実社会にはボートの上から優しい手を差し伸べ続けてくれるひとはすごく少ない。ボートにはたくさんの人々が乗っているのに、誰もが見て見ぬふりをする。

そうして、ボートに戻れなかった者たちの依存は繰り返される。

だから、薬物などの再犯が世界じゅうであとを絶たないのだ。

PIUSテクニック

テレビなどでわたしが依存症家族だとカミングアウトして以来、事務所宛てに全国からお便りが届くことがある。同じ境遇の依存症に悩む家族の方々からだ。

見ず知らずのわたしのところまでわざわざ手紙を書いてくれるくらいだから、もう藁《わら》にもすがる気持ちなのだろう。

それぞれに多くの悩みを抱えて八方塞がりな様子がひしひしと伝わってくる。かつてのわたしがそうだったから、よくわかる。

ここでは、そんな家族のために、わたしなりにいま伝えられることをまとめておきたいと思う。

まず依存症家族のために書かれた書籍の紹介から。

ロバート・J・マイヤーズ著、*Get your loved one sober : Alternatives to Nagging, Pleading, and Threatening.*（あなたの愛する人にもう飲ませないために――小言や懇願、脅し文句のかわりに）

これは依存症治療プログラムであるコミュニティ強化と家族トレーニング（CRAFT: Community Reinforcement And Family Training）の家族向けテキストのような位置づけの本。

依存症に悩む家族ならばきっと助けになる。いまある悩みを必ずやなんらかの形で軽減させてくれるヒントが見つかるはずだ。

このなかから、とくにわたしが知ってほしいと思う部分を抜粋しよう。

1　依存症の治療はまず家族から

依存症家庭は、まず当事者を病院に連れていき入院させようとする。だがこれは得策とは言い難い。

なぜなら、家族が問題を口うるさく言えば言うほど本人は意固地になってこじれる。これは「溺れる人と浮き輪の話」の節で書いたとおり。

おまけに依存症は〝否認の病〟でもあるので、

「自分は病気でもなんでもない。やめようと思えばいつでもやめられる。それなのに家族がうるさく責め立てるのが逆にストレスになってまたやってしまうんだ」

という具合に依存を助長してしまう。なにも知らなかった頃の我が家も、何度もこの過ちを繰り返した。

本人は認めない、反発する。だったらあてにならない人間を変えようとジタバタするのではなく、まずは問題に気づいた家族から変わる努力をしてみようじゃないか。

〝治療はまず家族から〟とはこういうことなのだ。

これはまさに以前、わたしと父が竹村先生に言われた、

「まずは入院しなさい。あなたとお父さん、ふたりでね」

あの方法、そのものだ。

ちょっと考えてみてほしい。そもそも依存症で最初に困るのは誰？

本人は薬やアルコールをやっても、さほど困っていないでしょう？　それによって収入が減って、家計に響いたり、暴力を振るわれたり、まともな日常生活のペースを狂わされて困るのは、まずは家族のほうなのだ。

だから依存症の治療はまず、いままさに困っている家族からアクションを起こそう。こう考えるべきなのである。

2　家族こそが最も強い影響力を持つ

かつての依存症に対する家族の関わりかたは、
「家族は無力である。だから愛をもって手を放そう。そしてなにより自分の幸せを考えよう」
というものだった。やめさせるために関係を悪化させて、時には暴力や事件を招きかねない
くらいなら、愛の名のもとに彼らを突き放そう、という具合に。

このように考えられていた時代がしばらく続いていた。

しかしながらこの方法、一見家族は平穏を取り戻せるように思うが、実際には自責の念がつきまとう。放り出したことで、本人との関係性がとても冷たいものになってしまう。

まさしくわたしの場合がこれだった。わたしは母の存在を完全に無視して、自分は透明人間に徹した。

この荒っぽい手段によって、それ以前よりはましな生活を送れるようになったのは確かだけれど、結局はなんの解決にもなっていなかった。そしてそのまま母は命を落としてしまった。このことへの後悔は、いまも拭い去ることはできない。

あの頃は万策尽き果てていて、もう手を放す方法しかないと思ってそうしたけれど、果たしてそれが最善策だったか？と聞かれたら、正直なところ自信がない。

そこに登場したのがＰＩＵＳテクニックである。

これは家族が持つ力を存分に発揮すべく考えられた新しいアプローチ法だ。

家族は無力、としてきた従来の考え方とは真逆の発想である。

内容は次のようなものだ。

1　Positive　問題を責めるのではなく、本人のよいところから話を切り出す
2　I message　「あなたは～」という切り口でなく「わたしは～」と自分の気持ちを伝える
3　Understanding　人に対して理解を示す。理解している旨を伝える
4　Share　わたしにできることはなんですか？　手伝いましょう。入院？　自助グループ？なにか探しましょうか？など、あえて家族がともに問題を背負うスタンスを取る

これらの頭文字を取って、ＰＩＵＳテクニックと名付けられた。

かつての突き放す方法とは明らかに違うアプローチだとわかるだろう。

依存症治療は一筋縄ではいかない。家族は泥沼の苦しみを強いられる。どんな方法を用いて

も理屈どおりにうまくいくことはないと、わたしは経験上そう思っている。

だが、いまわたしにもう一度チャンスが与えられたとしたら、もしもやり直せるなら、この方法で母と向き合ってみたい。

わたしは、母を見捨ててしまったことで、いまなお埋まらない心の空白にひとりでため息をつく日がある。母が死んで七年が過ぎたいまですら、かつての苦しさを夢に見る夜がある。

依存症家族としてのわたしの闘いは、きっといまもなお終息を迎えていないのだろう。

たった一度の涙

著名人の講演会を動画配信している米国のサービス「TED」で、依存症を取り上げた有名な回がある。

そのなかで英国の作家であり、ジャーナリストのヨハン・ハリは、社会が依存症を厳罰化すればするほど悪化すると説いている。

米国ではかつて、禁酒法時代の狭間《はざま》からヘロイン中毒が増加した。そこで違法薬物の取り締まりを強化した結果、今度は合法麻薬オピオイドが蔓延《まんえん》した。こんなふうに、薬物と法はいつでもいたちごっこなのだ。

ヨハンは自分自身も薬物依存の家族を持ち、人生を狂わされてきた経験者である。それだけに彼の言葉には説得力がある。

彼はこんな例を挙げている。

アリゾナの女子刑務所では、薬物犯罪で収監された囚人たちが「わたしは薬物中毒です」と大きく書かれたTシャツを着せられて墓穴を掘る奉仕作業についていた。行き交う人にさげすまれ、彼女らには徹底的な劣等感が植えつけられた。このネガティヴ意識は出所後も払拭されずに、結局彼女らは再犯を繰り返した。

懲らしめるための懲罰がなんの効果ももたらさなかった悪い見本と言える。

一方、正反対のトライアルを行った国がある。ポルトガルだ。

二〇〇〇年頃、ポルトガルではなんと国民の一%が、なんらかのドラッグに手を染めているというとんでもない状況にあった。

どんなに厳罰化しても、薬物使用は社会の脱落者だと教育しても、一向に犯罪は減らない。それどころか日に日に悪化するしまつ。

そこでひとりの学者、ホアオ・グラオ博士の提案により、国は思いきった手段に踏みきった。すべての薬物を非犯罪化したのだ。つまり法で許してしまったのだ！

そのかわり、それまでの厳罰に使っていた経費をすべて彼らの再生に用いることにした。たとえば薬物離脱のための再教育、その後に生きていくための再雇用、生活支援などである。国を挙げて彼らのバックアップ体制を作ったのだ。

するとどうだろう？

違法に使用されていた注射器の流通が五十%ダウンしたではないか。同時に針の回し打ちによるＨＩＶ感染率も減少した。これは間接的な数値ではあるが、薬物使用件数の減少を反映するものと考えられる。

つまりここからわかるのは、薬物依存は厳しくすることでは解決しない。そもそも懲らしめてよくなる病は、この世にひとつもないのだ。

それよりも、彼らを助ける仕組みを作るほうが効果的なのだ。社会全体で、「わたしたちはあなたの近くにいるよ」と伝えること。その手に触れてみること。

「愛している、大切だよ」と言葉にすること。彼らと繋がる努力をすること。

そのほうがはるかにいい結果をもたらすはずだ。

こんなふうに話してみても、依存に人生をかき乱され、疲れきってしまったご家族のかたは、おそらくもう愛を口にする余裕など残っていないと思う。過去のわたしを思い起こすと、まさしくそうだった。

彼らを許し、愛し、救い上げる優しさを持て、なんて難しい注文かもしれない。

けれど、諦めて切り捨ててしまう前に、繋がる努力。もう一度だけこの方法を試してみてほしい。

〈Addiction＝依存〉の反対は〈Sober＝シラフ〉ではなくて、〈Connection＝繋がり〉なのだから。

Connection——繋がり、この文章を書きながら思い出されたわたし自身のエピソードがある。

母が薬の副作用で呼吸困難の発作を起こして救急外来に運ばれたとき。同様の発作はすでに何度か繰り返していて、そのたびに生死を彷徨っていた。

病院スタッフに呼ばれて駆けつけたわたしは、救急外来のベッドで酸素マスクをつけられて肩で息をしている彼女に向かって言ったことがある。

「いったい何度こんなことを繰り返すつもり？　薬をやめるって口では言いながら、やめる気がないことはもうわかってるよ。できないこともわかってる。わたしも限界だよ、もうどうしたらいいかわからない。でもね、やっぱり家族だから……最終的には見捨てることはできないんだよ。親を捨てたりはしないよ」

救急外来ゆえ周囲の目があったせいだろうか。わたしも珍しく感情的にならずに静かに話ができた。何年かぶりに本心を伝えた瞬間だった。

このときである。酸素マスクの陰で、母の目から一粒の涙が流れたのを見た。あとにも先にも母が泣くのを見たのは生涯この一度きりだ。

「女はね、簡単に泣くもんじゃないんだ」

そういう信条の母だった。そうやって自分を抑えて生きてきたんだろう。このひと言でさえ、彼女の不器用な生きかたを物語っている。

嘘と強がりばかりの人生だったけれど、あのときの涙だけは真実だった。そう確信できるのだ。

どんな理屈や正論よりも、

「家族だから捨てない」

この優しさを含んだ言葉が、彼女の心に響いたのだと思う。

そうか、彼女は優しさが欲しかったんだ。

愛が欲しかったんだ。

繋がりたかったんだ。

あの涙こそがわたしたちのこじれきった問題を解く鍵だったんだ。母のくれた最大のヒントだったんだ。

なのに、わたしはそれに気づかなかった。鍵の使いかたがわからなかった。その涙を狼少年の声のように、取るに足らないものと片付けてしまったんだ。

あの瞬間、わたしにもっと余裕があったら、わたしにもっと深い愛情が残っていたら、彼女によりたくさんの優しい言葉をかけることができたのに……。

手を差し出してボートの上に引き揚げられたかもしれないのに……。

それを思うと、いまでも後悔してもしきれない。

贖罪

わたしは現在、刑務所の受刑者や医療少年院の若者の診療にあたっている。医師としては、すごくニッチな職場である。高収入でもなければ先端医療とも程遠い、たいていの医師は食指が動かない不人気な分野だ。

もとはと言えば、最初に法務省からお誘いの声をかけていただいた際、受刑者の多くに覚醒剤や麻薬が関連していると聞いたことが、わたしの背中を押した。

内科医として、いつか薬物依存者の医療に携わりたい思いがあった。もちろんそれには母との経験が関係している。

だから、これもなにかの導きのような気がして、躊躇《ためら》わずに踏み込んだ。

医師になって三十年近くが経とうという時期だった。


いざやってみると、薬物依存の受刑者の更生は一筋縄ではいかない。とくにその再犯率の高さは目を疑うほどで、累犯七回とか八回なんていう強者がうじゃうじゃいる世界だ。

誰だって悪いとわかってはいるのだが、やっぱりまた手を出してしまう。どんなに理論で教えたところでなんの役にも立っている様子がなかった。

みんな口々に言う。

「もうこんなところはごめんですよ。今度シャバに出たら二度と戻らないように頑張ります」

その言葉はまんざらでたらめでもないのだろうけれど、結局は一年も空けずに舞い戻ってくる受刑者の多いこと。

彼らのバックグラウンドに目を向けると、再犯にはある種の理由が見えてくる。

それは彼らの成育環境だ。

親や家庭を知らない、義務教育すらまともに受けたことがない。誰からも愛された記憶がない、そんなひとたちがそこにはたくさんいる。人生で、誰かに期待されたことも褒められた経験もない。

そうした暮らしのなかで甘くて悪い誘いの手に堕《お》ちて、半ば騙《だま》されたように薬物を使い、そして犯罪に手を染めていく。

社会の片隅には、こうとしか生きられなかった人間がいるのだ。

わたしは彼らに、まずはふつうの生活の大切さから教えている。朝起きる、夜は寝る、昼間は学ぶ、働く。

規則的に食事をする。病気は治す努力をする。

刑務所や少年院などの矯正施設のなかでは、受けられる医療も制限がある。彼らだって人間だから心臓疾患やがんになることもあるわけだが、治療費はすべて国民の税金で賄われているので、外の世界と同じクオリティは望めないのが実情だ。そこもまた彼らの教育材料になる。

「塀のなかにいたら治る病気も思うように治せない、それだけ損をするんだよ。だから一日でも早くここから抜け出して、保険証のあるちゃんとした暮らしを手に入れるんだ。ここで病気の悪化を待つだけみたいなバカな人生を送るのはもったいないよ」

こう諭すと、少なからずうんうんと首を縦に振って聞き入れる受刑者がいるものだ。

わたしは矯正施設で〈笑い〉も教えている。具体的には笑いの呼吸を取り入れた簡単な体操なのだが、これは福島県立医科大学の大平哲也教授らによっていくつものエビデンスが得られている。血圧や痛みの改善や精神の安定、やる気の向上など数え上げればきりがないくらい効果がある。

たしかに見回してみれば、笑い多きひとは健康体だ。笑いながら罪を犯す人間も少ない。

受刑者の健康教育には持ってこいの方法だと思われた。

事実、海外の刑務所では再犯防止カリキュラムとしてすでに取り入れられているのだが、日本では二〇一九年、わたしが始めたばかり。

「笑うな、しゃべるな、おとなしくしろ」

という監獄法でつい十三年前まで縛られていたこの国の刑務所に、笑い声が響く日が来るとは誰が予想しただろう？

まったく手探りで始めた、この笑いの教育だったが、受刑者の体験後アンケートが手元に届いて嬉しくなった。そこには、

「長らく笑うことを忘れていました。笑うのはとても気持ちがよかったです。今日の気持ちを忘れずに社会に出ます。もう戻ってくることのないように頑張ります」

こう書かれていたからだ。

犯罪者や薬物依存者の更生は、けっして簡単ではない。このアンケートひとつくらいでぬか喜びはできない現実は十分に理解しているつもりだ。

それでもわたしは続ける。

再犯防止のための生き方を、百回教えてダメでも、もしかしたら百一回目にはなにかが変わるかもしれないじゃないか？

それくらいの心づもりで取り組んでいる。

なぜ、わたしはここまで犯罪者や依存者の治療にのめり込んだんだろう？

やっているうちに、最近ようやくわかってきた。

きっとこれは、薬物依存だった母をなにひとつ救えなかったことへの自分なりの贖罪《しょくざい》なのかもしれないな、と。

終わりのない旅

医師として、依存症家族として、依存というモンスターを知るヒントとなる話題をできる限り書いてみたつもりだ。

でも理屈どおりになんかいかない。すんなりと依存の迷路から脱出できたなんて話は滅多に聞くことはない。

みんな幾度も挑戦し、裏切られる。それでも心を奮い立たせて挑んでは、またくじける、この繰り返し。

依存症との闘いは本当にいつ終わるのかわからない苦しい旅のようなものだ。家族にとっても本人にとっても。

しかしパウル・エルメルカンプとエレン・ヴェーデルのふたりは著書『アルコール・薬物依存臨床ガイド――エビデンスにもとづく理論と治療』のなかでこう説いている。

「たとえ使用を繰り返したとしても、見捨てずに治療を継続させるべきである。そうすればいずれは回復へとつながる。もし完全な回復とはならなくとも、社会的損失の抑制は可能になる」と。

そう、依存症治療は継続こそが命、諦めてはダメなのだ。

答えはひとつじゃないかもしれない。完全な回復だけがゴールではないかもしれない。

でも続けることで、少なくともいまよりはましな場所へたどり着くことができるはず。

だからいままさに闘っている当事者、家族のみなさんはどうか歩みを止めないでほしい。

わたし自身は、知識のなさから不完全な結果を招いたまま置き去りにした人生に、後悔の気持ちを拭い去れずにいる。

母も父ももういない、やり直したくてももうできない。

だからこそみなさんは、同じ思いをしないように……そう願う。


依存症。

本当はね、本人が一番やめたいんだ。やめたくてやめたくて、死ぬほどやめたくて……それでもやめられないのが依存症なんだ。

そして、そんな自分を責めながら恥じながら彼らは生きている。

母はいつの頃からか長袖の服しか着なくなった。正確には着られなくなったと言ったほうがいいかもしれない。両腕の注射痕のケロイドが醜すぎて、人前に肌を晒すことができなくなったのだ。

なにも気にしていなければ隠したりするはずがない。誰よりも事の重大さをわかっていたのは彼女自身なのだ。


スティグマ＝負の烙印。

わたしが最初に母の薬物問題に直面した昭和の時代、依存症を診てくれる医師はほとんどいなかった。それどころか〈依存症〉と聞くだけで、

「うちでは診ません、よそへ行ってください」

と門前払いされたものだ。同じような経験をしたひとは数えきれないはずだ。

昭和が平成になり、令和になり社会は多様に変化を遂げている。

なのに依存症を取り巻く環境は意外なまでに変わっていない。いまだに助けを求めてやってくる患者や家族に対して、

「依存症は治らないからね。おかしな行動で面倒を起こされても困るし、うちでは関わりたくないな」

と露骨に迷惑がるドクターがいる。

この本のなかで何度か言ってきたように、誤解と偏見こそが目に見えない敵になる。患者の居場所を奪い、どんどんと暗闇に追い込む元凶になる。

このことは医療従事者にこそ伝えたい。医師やナースが彼らに負の烙印を押して排除する時代はそろそろ終わりにするべきだ。

医師が彼らに手を差し伸べなかったら、ほかに誰がいるんだ？　我々はボートの上の偏見に満ちたサイレントマジョリティではいけない。医師であるわたしたちだからこそ、優しい手を差し出せる勇気を持っていたいと思うのだ。

エピローグ

一年ほど前のこと。

最初にこの本の企画のお話をいただいたとき、正直なところわたしは乗り気ではなかった。

（できれば書きたくないいな……）

とすら感じていた。

だって、自分の家庭の汚い部分を他人様に見せつけるのもどうかと思ったし、それに書けば誰かのことを悪く描かざるを得ないとわかっていたからだ。

いくら父母がすでに他界しているからとはいえ、死人に恥をかかせるような真似《まね》は本意ではなかった。

また、なによりわたし自身がこの家族問題から解放されたかったから、できるだけ嫌な記憶を想起したくなかったのだ。

（もうそろそろ、母の呪縛から逃れてもいいでしょう？）

そう思って暮らしていた。

でもなぜか執筆を引き受けてしまい、半ばぐずぐずとしながらでも書き始めてみると、思いがけぬ発見があった。

言葉にすることでかつてのもやもやした感情が、すっと腑《ふ》に落ちる瞬間があった。

それに加えて実際の出来事を整理して書き進めるうちに、当時はどうしても理解できないと諦めていた母の心の内が、少しだけ見えたような気がした。

同時に、わたしが母をどれだけ嫌いながら生きてきたか、疎ましく思っていたかも嫌になるくらいに再認識させられて自己嫌悪にもなったけれど。


わたしが診察を担当する少年院で、十六歳の少女が診療面接でこんなことを言っていた。

「なんのために生まれて、なんのために生きていくのかがわからない」

この子は父親が誰だかわからない。母親は彼女が一歳になる前に自殺した。施設を転々としながら育ったが、社会性に乏しく誰ともうまくやれない。衝動性と暴力性が強く、少年院に送られてきた。

この世界に信用できる人間がひとりもいない、愛してくれた人もひとりもいない。この先に誰かから無償の愛を与えられる可能性も期待するだけ空しい。

その環境のなかで、わずか十六歳の娘が生きていくのはあまりにも酷だ。

彼女と話しながら、わたしは気づいた。

（あぁ、自分は恨める親がいただけいいか。

後悔にせよ嫌悪にせよ、思い出があるだけいいか）

どんな記憶も自分という人間を作る大切なファクターには違いない。どんな親でも、その存在がなによりアイデンティティになる。

たとえ記憶の九十九がつらく悲しいものだったとしても、残りのひとつでも優しい思い出が記憶のどこかに残っていればそれでいい。

そのたったひとつのかけらを胸に、ひとは生きていくことができるものだ。


最後に、幼稚園の頃の思い出話をしよう。

たった一度だけ、父と母と祖母と小川のせせらぎが聞こえる静かな山へハイキングに行った覚えがある。もちろん母の祖母だ。祖母とわたしがどこかへ出かけたのは、あとにも先にもこれ一度きり。

普段は疎遠だった祖母に対して、その日は母がとりわけ甲斐甲斐しく世話を焼いていた光景が目に焼きついている。

母は慣れないハイキングの調理をして、缶詰の蓋で指を切ってしまった。真っ赤な血が垂れた。

それでも母は嬉しそうに見えた。指の痛みなんかよりも祖母との時間に快感を得ているようだった。

かつて自分を山奥のバス停で置き去りにした母親を、とても愛《いと》おしいものを見るような眼差しで見つめていた。

その姿をいまも忘れられない。

そう、どんな母親でも子供にとってはたったひとりの母なんだ。母にとっての祖母がそうであったように、わたしにとっても。

だから思う。

悪い思い出だけをつまみ出して生きるより、幸せな一瞬を宝箱に入れて生きたほうがきっと幸せだ。

あとがき

自分の人生を、いまこのタイミングでこんなふうに考えられるようになったのは、やはりこの一冊を書いたおかげだと感じています。

どこかに置き忘れたままだった母娘の問題をきちんと振り返るチャンスを与えてくださった編集の大坂温子様にお礼を申し上げます。

執筆の背中を押してくれたマネージャーの桝藤麻里さん、素晴らしい装丁で作品に力を与えてくださった鈴木成一様、カメラマンの野口博様、ヘアメイクの阿久津智一様、推薦文を添えてくださった中野信子様、本当にありがとうございました。

この本を手に取ってくださったすべてのかたに心より感謝します。

そしてひとりでも多くのかたが依存症を理解してくれることで、救われる人生がある。そのことをぜひ心に留め置いてくだされば、なお幸いです。

おおたわ史絵（おおたわ・ふみえ）
総合内科専門医。
法務省矯正局医師。
東京女子医科大学卒業。大学病院、救命救急センター、地域開業医を経て現職。
刑務所受刑者の診療に携わる、数少ない日本のプリズンドクターである。
ラジオ、テレビ、雑誌など各メディアでも活躍中。

母《はは》を捨《す》てるということ

二〇二〇年九月三〇日 第一刷発行

著者 おおたわ史絵
発行者 三宮博信
発行所 朝日新聞出版
〒一〇四-八〇一一 東京都中央区築地五-三-二
電話 〇三-五五四一-八八三二(編集) 〇三-五五四〇-七七九三(販売)
印刷製本 共同印刷株式会社

ISBN978-4-02-251715-9
定価はカバーに表示してあります。
落丁・乱丁の場合は弊社業務部(電話〇三-五五四〇-七八〇〇)へご連絡ください。
送料弊社負担にてお取り替えいたします。